시는
참

이상한
마음

시는
참

이상한
마음

황인찬
시에세이

2

안온

차례

2부 | 우리 자신의 작은 역사

아주 작게 말하기
당신에게 거의
들리지 않을 정도로

누구든 말할 수 있고 어디서나 타인의 말을 들을 수 있
는 시대가 되었지만, 대화는 좀처럼 성립되지 않는 요즘입니
다. 몇 년 전까지는 우리 소통해요, 라는 말을 SNS에서 종
종 보기도 했는데요. 그때는 소통이라는 말을 이토록 얄팍
하게 쓰는 것이 참 야속하다고 생각했지만, 요즘엔 그마저
도 아예 사라졌습니다. 그건 오늘날의 매체 환경에서 소통이
라는 말이 더는 필요하지 않다고 여겨지기 때문일지도 모릅
니다. 이제 우리는 내가 원하는 콘텐츠를 얼마든지 소비하며
시간을 보낼 수 있으니까요.

그런 시대이기에 우리에게 시가 필요하다고 말할 수도
있을 것입니다. 문학은 깊은 대화를 나누는 일입니다. 나의
내부에서 이뤄지는 것이기에 깊고, 또한 말의 표층에서는 전
달될 수 없는 것을 주고받는 일이기에 깊습니다. 그중에서도
시는 특히 내밀한 것이지요. 아주 작은 목소리로 전하는 대
화라고도 할 수 있습니다. 제대로 듣기 위해서는 귀를 상대

의 입 가까운 곳까지 가져가야만 할 정도로요. 상대가 서 있는 곳까지 다가가야만 들을 수 있는 말이기에, 때로 시가 읽기 어렵다는 반응이 나오는 것이겠지요.

그렇게 상대에게 가까이 몸과 마음을 기울이면 시는 비로소 대화가 됩니다. 그렇다고 해서 시 읽기가 상대의 의도를 헤아리고 맞추는 일이라는 뜻은 아닙니다. 정답 찾기가 아니라는 말이지요. 애당초 시에는 정답이 없으므로 읽는 사람이 자신의 사정에 맞게 이해하고 떠올린다면 그것으로 이미 대화는 성립됩니다.

대화란 것이 원래 그렇지요. 상대가 전하는 말은 나에게 온전히 전해지지 않습니다. 말이란 그토록 불투명한 것이기 때문입니다. 언어는 얼렁뚱땅 만들어진 헐거운 그물 같은 것이고, 사람들은 그 언어로 대강 말하고, 대충 알아들으며 커뮤니케이션을 합니다. 그 덕분에 우리는 "그거 좀 갖다 줘"라는 정도의 얼렁뚱땅 말하기로도 무리 없이 의사소통할 수 있지요. 그러나 반대로 언어란 그렇게 헐거운 것이기에, 그 어떤 뜻도 의미도 온전히 전달될 수 없습니다. 사랑한다는 말만으로는 도무지 그 마음이 전달되지 않는 것처럼요.

시는 이러한 말의 불투명성을 의식하고 그것을 이용하거나 그것과 겨루는 일이기도 합니다. 시가 은유를 사용하는 것도 그런 까닭입니다. 사랑한다는 말만으로는 도무지 부족하다고 느껴지니, 하늘만큼 땅만큼 사랑한다고 말하기도 하죠. 마음의 크기를 도무지 전할 도리가 없으니, 우리가 함께 알고 있는 것을 더듬으며 조금이라도 가깝게 뜻을 전하고자 하는 겁니다. 물론 이 말 또한 하늘과 땅이 어떠한 하늘이며 어느 땅인지는 알 수 없으니, 수수께끼에 또 다른 수수께끼를 더할 뿐이지만, 그 불분명하고 허튼 우회를 통해 비로소 우리는 때로 상대의 마음을 이해했다는 착각에 도달할 수 있습니다.

오랜 편견과 달리 시의 은유란 동질성의 힘만으로 작용하지는 않습니다. 오히려 은유는 동질성을 약화시키기도 합니다. 사과 같은 내 얼굴, 이라고 할 때 우리는 사과도 얼굴도 아닌 그 중간의 어중간한 무엇인가를 마주합니다. 우리 각자가 떠올릴 수 있는 사과와 얼굴의 중첩은 모두 다른 것이 될 수밖에 없고, 그 결과 사과와 얼굴에 대한 우리의 사유와 분별은 흐릿해지는 것입니다. 어쩌면 타자를 대하는 우리의 방식 또한 이처럼 시적인 방식이어야 할지 모르겠습니다. 그때 비로소 대화가 가능해지는 것이라고도 할 수 있겠습니다.

물론 침묵 또한 대화의 방식이라는 점을 빠뜨려서는 안될 겁니다. 사실 시는 말하기보다 침묵하기를 더 좋아하는 양식이니까요. 불투명한 언어들 사이, 분별이 흐려진 말들 사이에 침묵은 잠시 찾아옵니다. 그 순간에 우리는 그 모든 작고 애매한 말들을 헤아리며 비로소 진정으로 대화하게 됩니다.

　이 책은 시를 통해 여러분에게 대화를 청하는 책입니다. 아주 작게 말하는 사람의 말에 귀를 가까이 대고, 그 말을 나의 사정에 맞춰 헤아리는 일이 시 읽기라고 앞서 말씀드렸지요. 저는 제가 사랑하는 시인들의 시를 읽으며, 저의 사정을 헤아리고 저의 삶을 떠올렸습니다. 저와 시가 나눈 대화가 여기 적혀 있고, 그 대화를 통해 여러분께 대화를 청하고 싶습니다. 그렇게 셋이서 이루는 대화는 더욱 다채로울 수 있겠지요. 여러분이 이 책을 읽으며 각자의 방식으로, 각자의 사정을 헤아리며 여러분 자신의 삶을 떠올릴 수 있기를 바랍니다. 이 책은 앞선 책 《읽는 슬픔, 말하는 사랑》에 연이어 '네이버 오디오클립'에 연재했던 '황인찬의 읽고 쓰는 삶'의 원고와 문학동네 메일링 서비스 '우리는 시를 사랑해'의 원고 일부를 정리한 것입니다. 소중한 시편을 함께 나눌 수 있도록 허락해주신 모든 분께 깊은 감사의 말씀을 전합니다. 그와 더불어 이 책을 읽고 시와 삶을 겹쳐 보실 독자 여러분께도 미리 감사의 마음을 전합니다. 우리가 앞으로도 시와 더불어 함께 대화할 수 있기를 바랍니다.

2026년 1월
황인찬

일러두기

o　옛말로 된 시는 본뜻을 해치지 않는 수준에서
　　일부 현대어로 수정하였습니다.

o　이 책은 네이버 오디오클립 〈황인찬의 읽고 쓰는 삶〉에 실린
　　콘텐츠를 선별하여 엮었습니다.

1부

사람
마음의

일

잠들고

전
봉
건

돌이 잠들고 냇물이 잠들고 숲이 잠들고 하느님은 밤
새 종을 울리고 들이 잠들고 산이 잠들고 숲이 잠들고 숲
의 가지들이 잠들고 하느님은 밤새 종을 울리고

늪이 잠들고 오솔길이 잠들고 숲속 가지 위의 눈이
잠들고 하느님은 밤새 종을 울리고 너의 하얀 언저리 잠든
나의 하얀 언저리에 몇 마리 양들이 걸어오고 늘 맑고 부
드러운 눈망울의 세 사람이 걸어오고

하느님은 밤새 종을 울리고 잠든 하늘과 땅 먼 동쪽
에 네가 보지 못한 빛이 어리고 나도 보지 못한 빛이 어리
고 하느님은 밤새 종을 울리고

❖ 《전봉건 시전집》, 문학동네, 2008.

잠들 수 없는
밤이 온다면

———

저는 길게 잠들지 못하는 편입니다. 중간에 자주 깨기도 하고, 잠드는 시간이 아까워 괜히 꾸벅꾸벅 졸면서 컴퓨터 앞에 앉아 있는 경우도 많죠. 원고를 쓰거나 책을 읽기도 하고, 때로는 그냥 멍하니 인터넷 화면을 바라볼 때도 많습니다. 이런 식으로 일상을 보내다 보니 수면 시간은 보통 다섯 시간 정도예요. 항상 수면 부족에 시달리며 지내고 있습니다. 몸이 상한다는 것을 알면서도 좀처럼 삶의 균형을 찾기가 어렵네요. 평소 할 일이 많아 잠들지 못하는 시간이 많고, 그렇지 않다고 하더라도 여전히 무엇인가를 해야 한다는 불안과 강박을 느끼며 잠들기를 피하고는 합니다.

문제라는 것을 알면서도 좀처럼 고치지 못하고 있으니 정말 문제인데요. 사실 잠과 꿈이 창작의 큰 원천이 된다는 것은 저도 잘 알고 있습니다. 보르헤스의 문학이 그 사실을 아주 잘 보여주죠. 잠과 꿈은 보르헤스의 소설에서 매우 중요한 장치 가운데 하나인데요. 그의 작품 세계에선 무한과

무, 영원과 찰나를 모두 담은 그 모든 것으로서 꿈을 정의하고 있기도 합니다.

하지만 동시에 잠과 꿈은 그의 소설에서 아주 멀고 어려운 일로 다뤄지기도 합니다. 그의 소설 〈기억의 천재 푸네스〉는 불면에 대한 은유라고 할 수 있을 텐데요. 잠들지 못하기에 망각하지도 못하는 사람, 푸네스에 대한 소설입니다. 그렇군요. 잠들지 못한다는 것은 잊지 못한다는 뜻이기도 한 겁니다. 어쩌면 저의 불안과 강박도 제가 제대로 잠들지 못했기에 더욱 커지는 것인지 모르겠습니다.

단 한 번의 깊은 잠, 모든 것을 잊어버릴 정도로 깊고 큰 잠이 필요하다는 이야깁니다. 불안도 두려움도, 괴로움도 어려움도 모두 잊어버리게 만드는 것이 바로 잠이잖아요. 깊은 잠에 빠질 수 있다면 잠든 동안 우리는 낮 동안의 어려움과 괴로움을 모두 잊어버릴 수 있습니다.

전봉건 시인의 〈잠들고〉는 하염없이 아름다운 잠결과 꿈결의 시입니다. '세상 모든 것이 잠들고, 하느님은 밤새 종을 울린다'는 저 표현이 무척 아름답지요. 전봉건 시인은 제가 정말 좋아하는 시인이기도 한데요. 시인의 시 가운데서도 이질적으로 짧고 아름다운 시가 바로 이 〈잠들고〉예요. 아주 평화로운 잠인지라, 이런 잠이라면 몸도 마음도 아주 편안해질 것만 같습니다.

겨울밤에는 모든 사물이 더욱 깊게 잠든 것처럼 보입니

다. 불빛 없는 시골의 밤을 떠올릴 수 있을 것입니다. 모든 것이 어둠에 잠기고 깊고 깊은 잠에 빠져들 때, 성탄절의 밤을 기리려는 듯, 혹은 새해를 알리려는 듯 먼 곳의 교회에서 종소리가 들려오는 거예요. 나는 너와 함께 평화로운 잠에 빠져 희고 따뜻한 꿈을 꾸고요.

생각만 해도 참 마음이 따뜻해지는 장면입니다. 그렇게 안락하고 따뜻한 잠을 잔 것이 언제였는지 까마득하네요. 이런 평온한 잠이라면 모든 고통과 괴로움도, 기쁨과 즐거움도 잠시 잊어버릴 수 있을 것만 같습니다.

어쩌면 시인이 이런 시를 써낸 것 또한 잠들지 못하는 밤이 있었던 까닭은 아닐까 생각해보기도 합니다. 세상 모든 것이 잠드는 평화로운 세계, 이런 세계를 꿈꾸는 사람은 역시 잠들지 못하는 사람, 불안을 느끼는 사람일 테니까요. 그렇다면 시인은 이 시를 쓰고 편안히 잠들 수 있었을까, 그런 생각도 해보게 되네요. 시인이 어떠했는지는 알 수 없지만 이 시를 읽는 우리는 안락한 잠에 빠져들 수 있을 것만 같습니다. 요새는 여러 이유로 잠들지 못하는 분들이 많은데요. 잠들기 전에 전봉건의 이 시를 다시 읽어보는 것은 어떨까요? 이 시가 그리는 하염없는 잠의 이미지와 함께 평화로운 잠에 들 수 있다면, 정말 세상 모든 괴로움을 다 잊어버릴 수 있을 것만 같습니다.

네가 잠든 동안

김
이
강

드문드문 너를 보는 일
그리워하는 일
유행이 지난 일

모두가 퇴근한 신문사 빌딩의 한 구석에서 너는 신문
을 오려 붙이고 있었지만
그것은 취미가 아니라 밥벌이라고 말했던 일 신기하
게도
스탠드 빛이 너의 구역 내에만 머물던 일

아직도 그런 일이 밥벌이가 되냐고 묻자
신기하게도 아직은 그렇다고 말하던 일

너의 큰 키를 가늠해 본 적이 없지만
너는 키가 더 자랄 것 같았고
좁은 구역에 쏟아지는 조명이 뜨거워 보이기도 했는데

그 안에 뭐가 들어 있나 묻지 않았지

그 뜨겁고 차가운 것들 안에 머물 수 있는 것을

너는 읽다 만 책을 펼친 채로 엎어 두고
그 옆에서 엎드린 채 잠이 들어

내가 오는 줄도 가는 줄도 모르고
시계가 고장 난 것도 모르고
세상이 끝난 것도 모르고

엎드린 채로 영영 자라고 있다

너는 길게 구부러진 마디들이 되고
공룡의 뼈처럼 거대해지고
규칙적으로 호흡하며 성벽을 무너뜨리고 있다
엎드린 채로

네가 잠든 동안
네가 잠든 동안

❧ 《타이피스트》, 민음사, 2018.

고요하게
잠든 사람

───────

앞서 전봉건 시인의 시를 이야기하며, 제가 잠드는 것을 좋아하지 않는다고 했었는데요. 자는 시간을 아깝게 여기는 것과는 별개로, 막상 베개에 머리를 대면 바로 잠들어버리는 편입니다. 잠드는 데 어려움을 겪는 친구들이 많아서 이런 체질을 부러워하기도 해요. 한번 잠들면 얼마나 깊이 잠드는지 누가 흔들어 깨우지 않는 이상 잘 일어나지 않아요. 근래에는 새벽에 한 번씩 괜히 깨는 때가 있긴 하지만 다시 잠을 청하면 곧바로 다시 잠들 수 있습니다. 축복받은 체질이지요.

잠버릇은 고약해요. 어릴 적에는 침대 밑에서 눈을 뜬 적도 많았고, 지금도 이불이나 베개가 제자리에 그대로 놓여 있는 적이 없어요. 때로는 몸이 180도 돌아서 머리가 발 있던 자리에 가기도 하는데, 자면서 뭘 하면 그렇게 되는 건지 저도 저를 잘 모르겠어요. 깨어 있을 때도 그렇게 몸을 돌리는 건 어려울 것 같은데 말이에요.

제 잠버릇은 어머니의 배 속에서부터 대단했다고 합니

다. 어머니는 제가 하도 배를 차서 어지간히 극성맞은 애가 나오려나 보다 생각했대요. 그런데 막상 나와보니 극성은커녕 도리어 너무 얌전해서 이상했답니다. 그런데 제가 자는 모습을 보면서 깨달았다고 해요. 애가 자면서 발길질을 그렇게 한 거였구나. 자취하던 대학생 시절, 친구가 자고 갈 때면 같은 침대에 나란히 누웠는데 자는 친구를 제가 잠결에 발로 밀어냈다거나 제가 이불을 다 가져가 추위에 떨면서 자야 했다는 불평을 듣고는 했습니다. 그런데 정작 이불을 가져가서는 발밑으로 이불을 다 걷어차서 저도 추워서 자다 깬 적이 많았어요. 참 어지간한 잠버릇이죠. 나이를 먹은 지금은 이불을 걷어차는 정도로 잠버릇이 약해지긴 했지만, 그래도 여전히 잠버릇이 험한 편이라고 할 수 있겠습니다. 그래서인지 곤히 잠든 사람을 보면 참 신기해요. 아니 어떻게 저렇게 잘 수 있지? 살아 있는 건 맞나, 하는 생각이 들기도 합니다.

김이강 시인의 〈네가 잠든 동안〉은 고요하게 잠든 사람을 가만히 지켜보는 시입니다. 그 사람이 어찌나 곤히 자는지 그의 잠은 세상이 끝나고도 계속될 것만 같다고 시인은 말합니다. 드문드문 다른 일로 오가다 만날 뿐이고, 아주 친하거나 가까운 것이 아닌데도 그 사람이 잠든 것을 가만히 지켜보고 있는 거예요. 흔한 일은 아닐 거예요. 잠든 모습을 보는 것은 보통 가까운 사이에서 있는 일이잖아요. 물론 지하철에서 자주 보기는 하지만요.

그렇게 깨어 있는 모습이 익숙한 사람의 잠든 모습을 보는 것은 참 묘한 순간일 겁니다. 그때 그 사람의 얼굴은 한없이 평화롭고 또 부드러울 테니까요. 잠든 사람의 얼굴은 깨어 있을 때의 얼굴과는 참 다르죠. 아무것도 의식하지 않고 경계하지 않고 얼굴의 긴장이 모두 풀린 채로 편히 있는 그 이완된 모습은, 사람의 인상마저 달라 보이게 합니다. 저도 친구의 잠든 모습을 보며 얘는 아기일 때 이런 얼굴이었겠구나, 생각한 적이 있어요. 평소에는 해본 적 없는 생각이었죠. 잠든 사람의 얼굴이란 그런 묘한 힘이 있는 모양입니다.

시인은 그 힘을 얻고 상상을 더욱 펼쳐갑니다. 그 잠든 사람은 어떤 거대한 뼈가 되고, 거대한 나무가 되며, 한없이 무겁고 커다란 것이 되어가는 거예요. 성을 무너뜨리고 우리의 발밑을 부술 정도로, 그러니까 우리가 알던 세계를 부술 정도로 낯설고 다른 존재가 되어가는 거예요.

이 시의 상상은 아마 세상 모르고 잔다는 말에서 출발했을 겁니다. 너무 깊게 잠들어 주변에 무슨 일이 일어나는지도 모르고 잠든 사람을 두고 하는 말이죠. 정말 그래요. 잠든 동안 우리는 잠시 다른 세계에 가 있으니까요. 깊게 잠들어 다른 세계로 멀리 떠난 사람이라면, 이쪽 세계에서 무슨 일이 일어났는지 알아차리지 못할 수도 있겠습니다. 어쩌면 시인은 그렇게 먼 곳으로 떠나가 다른 존재가 되어버린 사람의 모습에서 시를 찾아냈을지도 모르겠습니다. 시 또한 그렇게 다른 세계로 우리를 데려가는 일이니까요.

피로와 파도와

이
제
니

피로와 파도와 피로와 파도와
물결과 물결과 물결과 물결과

바다를 향해 열리는 창문이 있다라고 쓴다
백지를 낭비하는 사람의 연약한 감정이 밀려온다

피로와 파도와 피로와 파도와
물결과 물결과 물결과 물결과

한적한 한담의 한담 없는 밀물 속에
오늘의 밀물과 밀물과 밀물이
어제의 밀물과 밀물과 밀물로 번져갈 때

물고기들은 목적 없이 잠들어 있다
물결을 신은 여행자가 되고 싶었다

스치듯 지나간 것이 있다라고 쓴다
눈물과 허기와 졸음과 거울과 종이와 경탄과

그리움과 정적과 울음과 온기와 구름과 침묵 가까이

소리내 말하지 못한 문장을 공책에 백 번 적는다
씌어진 문장이 쓰려던 문장인지는 분명하지 않다

피로와 파도와 피로와 파도와
물결과 물결과 물결과 물결과

❀ 《아마도 아프리카》, 창비, 2010.

도무지 머리에서
떠나지 않는 말

도무지 머리에서 떠나지 않는 말들이 있나요? 특별한 기억이 있는 것도 아니고, 대단히 아름다운 말들도 아닌데, 이상하게 머리에서 영영 떠나지 않고 계속 남아 있는 말들이 저에게는 몇 있습니다. 어째서일까요.

저는 인터넷에서 본 가벼운 말장난 같은 것들을 잊지 못하는 편인데요. "이미는 풍기지가 좋네요"가 자연스럽게 읽힌다거나, "물 온도 어떠세요"가 "무릉도원이세요"로 들린다거나 하는 것들이요. 이 아주 가벼운 조작이, 그리고 가벼운 조작이 만들어내는 아주 조금의 비틀기가 저에게는 매우 흥미롭습니다.

일종의 직업병이기도 할 거예요. 시를 쓰기 위해서는 말과 이미지를 최대한 수집하며 살아야 하거든요. 말도 생각도 제 안에서 하염없이 샘솟는 것은 아닌지라, 언제나 외부의 자극을 받아야 하고 또 재미있는 말들을 잘 찾아다녀야만 하는데요. 어쩌다 마주친 그런 가벼운 말장난이야말로 저에게는 아이디어의 보고인 셈인 거죠. 시는 강력하고 직설적인 선언의 직구가 아니라, 아주 가볍고 부드러운 말의 커브에 더 가깝거든요. 그렇게 말과 말의 사이, 의미와 의미의 사이를 자유롭게 유영하기 위해서는 말장난처럼 가벼운 접근이 도움이 되곤 합니다.

아주 강렬한 정서나 뜻을 품은 말은 도리어 제 안에 잘 남지 않는 경우가 많아요. 분노에 가득한 말, 격정을 품은 말은 듣는 그 순간에는 강렬한 정서적 반응을 불러일으키지만, 너무 빠르게 타올라서인지 시간이 조금만 지나면 거의 기억에 남지 않더라고요. 처음에는 잘 와닿지 않아도 시간이 지날수록 은은하게 다가오는, 그런 유머나 말들이 훨씬 기억에 오래 남고는 해요.

꼭 가벼운 농담이 아니더라도 기억에 남아 있는 범상한 말들은 많습니다. 군 복무를 하며 보았던 불조심 표어 "불 있는 곳에 눈 뜬 사람"이라거나, 길을 가다 본 졸음운전 경고 문구 "졸음의 종착지는 이 세상이 아닙니다" 같은 말들, 아니면 많은 문학 작품에서 자주 활용되고는 했던, 자동차 백미러에 적힌 "사물이 눈에 보이는 것보다 가까이 있음"과 같은 말들도 있지요. 제 삶과 그다지 관련이 없는데도 이상하게 자꾸 생각이 나고, 자꾸 생각하다 보면 나의 삶과 관련이 있는 것만 같은, 그런 말들이 있는 게 분명해요.

이제니 시인의 시 〈피로와 파도와〉는 처음 본 이후로 좀처럼 잊히지 않고, 걸핏하면 자꾸 생각나는 문장을 가진 시입니다. 피로와 파도와 피로와 파도와 물결과 물결과 물결과 물결과, 그렇게 이어지는 문장들은 한 번 읽는 것만으로도 머릿속을 떠나지 않고 하염없이 맴돕니다. 피로란 정말 파도와 같고, 하염없이 밀려들고 다시 물러나는 파도는 또 피로하지 않을까, 그런 생각이 들고…… 이렇게 밀려드는 밀물의 문장 속에 생각이 파묻혀버리는 겁니다.

시가 만들어내는 무겁고 기묘한 리듬 속에서 저는 피로에 머리가 전부 잠겨드는 것 같다가, 다시 물 위에 가볍게 떠 있는 듯하다가, 그렇게 하염없는 부유감에 휩쓸려 가게 되는 것 같아요. 저 시를 처음 접한 이십대 초반 시절이었어요. 어렸던 저는 어째서 저 시를 그토록 인상 깊게 기억하고 있었던 것일까요. 매일 피로의 파도에 이리저리 휩쓸리고 밀려나는 지금이라면, 너무 제 인생 그 자체라고 생각했을 텐데. 그때에는 삶의 피로 같은 것이 무엇인지도 잘 몰랐거든요.

사실 의미 같은 것은 별로 중요하지 않았을 거예요. 저 하염없는 말들의 하염없음이 자아내는 리듬과 흐름이 기억에 남은 것이었을 테니까요. 피로도 파도도, 피로와 파도를 표현하려는 말이라기보다는 그 하염없음을 표현하기 위한 말이라고 봐야겠지요. 시라는 것도 말이라는 것도 의미가 중요한 것은 아닐 수 있겠다는 생각이 들어요. 의미는 나중에 따라오는 것이고 결국 말이라는 것도 우리의 몸을 거치는 것이어서, 우리 몸에 새겨지는 감각 그 자체가 보다 중요할 수도 있을 거예요. 우리가 살면서 마주치는, 머리에서 도무지 떠나지 않는 말들도 어쩌면 우리의 감각과 몸에 깊은 관련이 있을지도 모르겠다는 생각이 듭니다.

단골

조
해
주

내가 다니는 회사는 종로에 있고

근처에 자주 가는 카페가 있다

나는 단골이 되고 싶지 않아서

어떤 날은 안경을 쓰고
어떤 날은 이마를 훤히 드러내고
어떤 날은 혼자 어떤 날은 둘이

어떤 날은 말없이 고개만 끄덕이다가 나오는데

어떻게

차갑게,
맞지요?

주인은 어느 날 내게 말을 건다

커피를 받아들고 나는 어떤 표정도 짓지 않았다고 생각했으나

저어서 드세요,

빨대의 끝이 좌우로 움직이고
덜컥 문이 잠기듯
컵 안에 든 얼음의 위치가 조금 어긋난다

주인은
내가 다니는 회사 맨 꼭대기 층에 지인이 일하고 있다고 한다

혹시 김지현이라고 아나요?

나는 그런 이름이 너무 많다고 대답한다

그렇구나,
주인은 얼음을 깨물어 먹고

설탕처럼 쏟아지는 창밖의 불빛들

참, 내일은
어떻게 하면 처음 온 사람처럼 보일까 생각하면서

❖ 《우리 다른 이야기하자》, 아침달, 2019.

우리의
안전거리

―――

　여러분도 자주 찾는 카페가 한둘쯤은 있겠지요. 저 역시 작업을 위해서 가는 몇몇 카페가 있습니다. 집 근처뿐 아니라 홍대나 합정, 종로 등 자주 가는 곳에는 꼭 단골 카페가 있죠. 그런 카페에는 몇 가지 조건이 있습니다. 첫 번째는 작업하기 좋은 환경일 것. 두 번째는 다른 곳으로 이동하기 편한 장소에 있을 것. 세 번째는 프랜차이즈 카페일 것. 이 중 세 번째 조건은 아무도 저를 알아보지 않았으면 하는 마음 때문에 정한 것입니다. 저를 보며 '저 인간 또 왔네' 같은 생각을 하지 않았으면 하는 마음인 거죠. 한참 원고가 바쁠 때는 매일 찾아가서 몇 시간이고 앉아 노트북을 들여다보기도 하거든요.

　몇 년 전에는 자주 가던 프랜차이즈 카페에서 이런 일이 있었습니다. 아직 주문하기도 전인데 계산대 앞에서 점원분이 제게 "아이스 아메리카노 맞으시죠?"라고 물어본 거예요. 너무 깜짝 놀란 저는 그냥 네, 하고 대답하고 말았죠. 사실

몸이 피곤하던 터라 단 음료를 시키고 싶었는데도, 아니라고 말할 수 없었습니다. 너무 놀라 생각할 시간이 부족하기도 했고, 저를 이해한다고 생각하는 사람에게 그 이해가 틀렸다고 말할 일도 아니었어요. 저는 실제로 그 카페에서 아이스 아메리카노만 주문했으니까요.

어쩌면 매일같이 카페를 찾아오던 저에게 나름의 친근함을 느꼈던 것일 수도 있겠습니다. 저 또한 고등학교를 막 졸업하고 편의점 아르바이트를 하며 저 손님은 매일 담배를 사 가네, 저 손님은 항상 삼각김밥과 라면을 사네, 이렇게 단골손님들을 알아보며 생각하곤 했거든요. 때로는 그가 살 담배를 미리 꺼내 준비해두기도 했습니다. 거기에는 물론 약간의 친근한 마음이 담겨 있었고요. 그러니 점원분께 아니라고 말하기는 참 어려운 일이었습니다.

누군가에게 아니라는 말을 하기 위해서는 참 많은 것을 고려해야만 합니다. 어쩌면 아니라는 말을 편하게 할 수 있는 관계야말로 친밀한 사이일 거예요. 가족이나 친구에게는 아니라거나, 안 된다거나, 싫다거나, 그런 말들을 던지듯이 쉽게 하는 것처럼요. 여기에는 참 미묘한 거리감이 있습니다. 너무 가깝지도 멀지도 않은 그 애매한 친밀감이 오히려 우리를 더욱 곤란하게 만들기도 한다는 거죠. 그 대화 이후로 저는 그 카페를 잘 찾아가지 않게 되었습니다. 그분이 잘못한 것도 아니었고, 제가 큰 불편을 겪은 것도 아니었지만, 제가 더 이상 익명의 손님이 아니게 되었다는 사실이 마음에 작은 부담감을 주고야 말았던 겁니다.

조해주 시인의 시 〈단골〉도 이와 같은 상황을 그리고 있습니다. 이 시의 '나'는 종로에 자주 찾는 카페가 있습니다. 자주 가는 카페이지만 카페에서 누군가 자신을 알아보길 원하지는 않았어요. 그래서 때로는 안경을 쓰고, 때로는 이마를 드러내는 식으로 조금씩 모습을 바꾸며 카페를 찾아갑니다. 그런데 어느 날 카페 주인이 먼저 물어봅니다. "차갑게, 맞지요?" '나'는 당황했지만 아무렇지 않은 표정을 지으려고 노력합니다. 하지만 마음처럼 잘되지 않는 것 같지요. 그리고 카페 주인과 대화를 나누며 생각합니다. "내일은 어떻게 하면 처음 온 사람처럼 보일"지에 대해서요. 저처럼 다시는 카페에 가지 말아야지, 하는 생각은 하지 않는다는 점에서 어쩐지 반성을 하게 되네요.

우리는 익명의 존재로 사는 데 너무나 익숙해져 있습니다. 옆집에 사는 사람이 누구인지도 모르는 채로 사는 것이 현대인의 삶이잖아요. 이 익명성 탓에 우리는 편안함을 느끼지만, 동시에 익명성은 우리를 불안하고 위험하게 만들기도 합니다. 누군지 모르는 사람은 나를 해칠 수 있는 사람이 되기도 하니까요. 그런 상황 속에서 나의 익명성을 잃어버린다는 것은 리스크를 늘리는 셈이죠. 우리가 타인과 얼마간의 거리를 유지하고 싶어 하는 것은 이런 까닭일 겁니다. 누군가가 나를 알아보지 않았으면 좋겠다는 마음, 누군가가 나를 이해하지 않았으면 좋겠다는 마음은 나에게 안전한 거리를 확보하고 싶은 마음일 것입니다.

〈단골〉속의 '나'도 그렇죠. 단골이 되고 싶지 않다는 독백은 익명으로 남고 싶은 마음, 타인과 안전하고 마음 편안한 거리를 확보하고 싶은 마음일 거예요. 하지만 이 시가 우리에게 말하는 것은 그 안전함이 기실 우리의 환상일 따름이고, 타인을 영원히 익명인 채로 남겨두는 일은 불가능하다는 진실입니다. 살아 있는 한, 우리는 타인과 계속 마주할 수밖에 없죠. 누군가와 관계를 맺지 않을 수 없습니다. 우리는 어떻게 서로의 안전거리를 지킬 수 있을까요. 어쩌면 그런 일은 불가능할지도 모르겠습니다. 불쑥 들어오고 또 불현듯 멀어지는 것이 사람 마음의 일일 테니까요.

초월

권
누
리

저 인간은 우는 표정을 아는 인간이다. 나는 인간의 눈물을 따라 하기 위해 애쓴 적 있으나 그 일은 끝끝내 실패로 돌아갔다. 인간이 울 수 있다는 것 알게 되는 순간은 나는 결코 울 수 없다는 사실 깨닫게 했다.

인간의 눈물을 대하는 자세에 대해 나는 오래 생각했다. 역 화장실에서 인간 우는 소리가 들릴 때면 서둘러 바깥으로 빠져나왔다. 밖으로 나오면 길은 어그러져 있고 나는 그 길을 미로라고 생각하지 않을 수 없었는데, 기실 미로는 답이 있고 미로는 출구가 있다는 점에서 그 길은 완전한 미로가 될 수 없었다.

이 세계의 모든 계간이 나선형으로 바뀌어가는 이상한 시간을 새벽으로 부르자면, 나는 다만 손잡이를 잡고 돌아 내려가는 일을 하며 층층이 나의 흔적을 남겨두었다.

✤ 《한여름 손잡기》, 봄날의책, 2022.

당신의 마음을
이해할 수 없어서

슬픔을 나누면 절반이 된다는 말이 있지만, 사실 슬픔을 나누는 일은 결코 쉽지 않습니다. 타인의 마음을 우리는 결코 제대로 이해할 수 없으니까요. "너 T야?"라는 말이 한참 유행하기도 했지만, T가 아닌 F라 하더라도, 타인에게 공감한다고 하더라도, 그게 타인의 마음을 제대로 알고 이해한다는 뜻은 아닙니다. 우리는 멋대로 타인의 사정을 헤아리고, 그 헤아림을 나의 경험에 비추어 그 마음이 이러하리라 짐작할 뿐이니까요.

하지만 그 멋대로의 이해가 또한 타인과 더불어 살아가는 방법이기도 합니다. 우리는 서로를 적당히 오해하고, 내 마음대로 짐작하며 내가 당신의 마음을 알고 있다고 말하기도 합니다. 그렇게 타인의 마음을 이해했다고 믿고, 또 이해받았다고 믿으며 우리는 이 삶을 버텨가는 거죠.

그리고 그건 그렇게까지 비극적인 일은 아닐 거예요. 설령 우리가 타인의 슬픔을 제대로 이해할 수 없다고 하더라도, 서로의 슬픔을 나누고자 하는 그 행위만으로도, 나의 슬픔을 이해하려 애쓰는 누군가가 있다는 사실만으로도 우리는 위로를 얻을 수 있잖아요. 그것이 슬픔을 나누면 절반이 된다는 말의 진의라고 생각합니다.

사실 우리는 타인의 마음을 제대로 알 수 없을 뿐만 아니라, 자신의 마음에 대해서도 제대로 알지 못합니다. 우리는 때로 슬프다거나 기쁘다는 생각을 하곤 하지만, 그게 정확히 어떤 마음인지 설명할 수는 없죠. 우리는 연인과 헤어졌을 때도 슬프다고 말하고, 감동적인 영화를 봤을 때도 슬프다고 말합니다. 엄밀하게 따지면 그건 다른 느낌이지만, 우리는 그걸 슬프다는 말로 얼버무리며 표현할 따름이죠. 우리는 타인을 오해하며 살아가는 만큼이나, 자신에 대해서도 오해하며 살아갑니다. 물론 그 또한 나쁜 일은 아니죠.

하지만 어떤 시인들은 그런 적당한 이해를 거부합니다. 시는 더 정확하게 말하고자 애쓰는 일이기도 하거든요. 때로 어떤 시는 마음에 대해 얼렁뚱땅 말하는 대신, 우리가 얼마나 이해받을 수 없는지, 우리가 얼마나 외로운 존재인지 말하는 데 전력을 다합니다. 때로 그것은 고독의 형상을 그려내는 일로 이루어지기도 하고, 때로는 결코 의미를 다 전할 수 없는 언어의 본질적 속성을 의식하며, 언어와 겨루는 방식으로 이루어지기도 합니다.

그렇기에 시인은 고독할 수밖에 없습니다. 이해할 수 없다는 사실과 이해받을 수 없다는 사실을 끌어안은 채로, 말이라는 아주 허술한 무기를 들고 싸움을 해나가는 사람이니까요.

권누리 시인의 시 〈초월〉은 슬픔을 이해하는 일을 그리는 시라고 할 수 있습니다. 아주 흥미로운 인물이 시의 화자로 제시되고 있죠. 인간의 눈물을 이해하지 못하는 사람입니다. 인간의 눈물을 따라 하려 애써보기도 하지만 그 시도는 성공하지 못합니다. "인간이 울 수 있다는 것 알게 되는 순간은 나는 결코 울 수 없다는 사실 깨닫게 했다"는 저 고백은 울지 못하는 나는 인간조차 아니라는 고백으로까지 이어지는데요.

인간의 마음을 이해할 수 없기에, 인간을 어떻게 대하면 좋을지 알 수 없는 화자는 우는 소리가 들려오면 그곳을 떠나갑니다. 우는 얼굴의 인간을 보기 어렵기 때문인 거죠. 하지만 저는 이 마음이 너무나 인간적으로 느껴집니다. 우는 인간의 얼굴을 보기 어려워하는 마음이야말로 인간의 마음 아니겠어요.

인간의 마음을 지니고서도 스스로 인간 아닌 존재라고 말하는 이 시가 저에게는 참 마음 아프게 느껴집니다. 우리 또한 그 마음을 헤아릴 수 있을 거예요. 눈앞에 있는 사람과 내가 도무지 어울리지 않는 사람이라고 생각하는 순간, 내가 이 공간에 있어서는 안 된다고 느끼는 순간, 우리는 모두 잠시 자격을 잃은 존재가 되어버립니다. 그 순간의 마음을 슬픔이라고 할 수 있겠지요.

그런데 이 시가 정말 마음 아픈 것은 슬픔을 느끼는데도 겉으로 드러낼 방법이 없다는 데 있습니다. 눈물을 흘릴 수가 없으니 그 슬픔을 제대로 드러내 보일 수도 없지요. 그래서 이 시의 화자는 슬픔을 느낀다고 의식하지 못하는 것처럼 보이기도 합니다. 그리고 그 기분을 출구 없는 미로와 같다고 표현합니다. 세상은 입구도 출구도 없어서, 언제 들어왔는지, 그리고 언제 빠져나갈 수 있는지도 모르는 미로가 되고, 잠들지 못하는 새벽이 오면 끝이 보이지 않아 하염없이 내려가는 나선형 계단이 됩니다. 이런 세상에서 화자가 자신의 슬픔을 표현할 수 있는 유일한 방법은 손잡이를 잡고 계단을 돌아 내려가는 일뿐인 겁니다.

시의 화자가 계단을 내려가기 시작하는 모습을 지켜보며, 우리는 다시 이 시의 제목을 올려다보게 됩니다. 〈초월〉. 이 고통과 괴로움으로부터 초월하고 싶은 마음, 하지만 결코 벗어나지 못하리라는 그 모든 마음이 저 짧은 제목 안에 담겨 있습니다.

이 시의 화자가 세상을 느끼는 방식은 우리가 세상을 살아가는 방식과 크게 다르지 않을 거예요. 앞서 이야기했듯이, 우리는 우리의 슬픔을 다 헤아릴 수 없고, 타인의 마음에 대해서도 마찬가지니까요. 그러나 시는 그 불가해를 더욱 섭세하고 정확하게 표현하고자 하는 일이라고 말씀드렸지요. 이 시가 짊어진 저 거대한 고독은 시의 고독이라고도 할수 있겠습니다. 이 시가 자꾸 아래를 향해 내려가는 것도 그런 까닭입니다. 시를 읽는 일도, 시를 쓰는 일도 타인의 우는 얼굴에 도달하기 위해, 그것을 이해하기 위해, 끝이 없는 외로움 속으로 걸어 내려가는 일이니까요.

왜 초등학교를 졸업하면 어린이날 선물을 받지 못하는가?

김승일

엄마가 양파를 튀겼어. 나는 그 양파튀김이 어린이날 선물인 줄 미처 몰랐지. 그래서 맛있게 먹은 것인데. 먹고 보니 어린이날 선물이었고. 깜짝 놀란 나는 체하고 말았던 것이다.

변기에 한가득 게워내면서. 내가 양파를 다 게워낸들 선물을 또 사줄 리는 없잖아. 나는 하염없이 눈물을 흘렸지만. 내가 하루 종일 운다고 해서 선물을 또 사줄 리 없다는 것을.

나는 너무 잘 알았다. 초등학교를 졸업하면 어린이날 선물을 받지 못한대. 이유는 잘 모르겠지만 법이 그렇다니까. 양파가 마지막 선물이었어. 마지막 선물을 토해버렸어.

화장실 안에는 시계가 없고 거실로 나가야 시계가 있고. 오후 세 시쯤 되었을 거야. 아홉 시간. 내 마지막 어린이날이 고작 아홉 시간 남았다는 걸. 굳이 확인할 필요는 없지.

화장실 문을 잠그고. 바닥에 누워서 낮잠을 잤다. 양파튀김이 제일 좋다고 네가 저번에 얘기했잖아? 엄마가 문을 두드렸어. 틀린 말은 아니니까 할 말은 없고. 그저 엄

마가 알아주기를. 오늘이 얼마나 중요한 기념일인지. 엄마
가 알아주기를.

　　나는 신께 기도드렸다. 그렇게 중요한 기념일인데 화
장실 안에서 허비하다니. 너도 참 바보로구나. 차가운 타
일 바닥에 엎드린 채로. 내가 얼마나 낭비한 걸까?

　　그러나 내가 낭비한 만큼 엄마가 나를 이해한대도.
엄마는 또 양파를 튀길 것이다. 최선에 최선을 다해.

※ 《에듀케이션》, 문학과지성사, 2012.

선물은 마음보다는
크기가 중요한 거 아닐까요

———

선물 많이 하시나요? 선물할 때 어떤 점을 고려하시나요? 저는 선물할 때마다 정말 고민이 많습니다. 생일이거나, 책을 냈거나, 상을 받았다거나……. 살아가다 보면 축하할 일이 참 많잖아요. 그저 마음을 담아 축하하면 그만일 수도 있지만, 그 마음이 또 선물을 고르게 해요. 그런데 선물을 떠올리면 함께 생각해야 할 게 너무 많아요. 평소에 복잡한 생각은 하지 않으려 노력하는 편인 저도, 선물을 살 때만은 머리를 최대한으로 굴려본답니다.

축의금은 나름의 규칙이 있잖아요. 일반적으로는 홀수에 맞추고, 금액도 어느 정도 정해져 있어 상대와 내 친밀도를 생각하면 되니까 선물보다는 비교적 쉬운 편이지요. 선물하기는 보다 생각해야 할 게 많고 복잡합니다. 선물 받는 친구에게 선물이 얼마나 기쁜 일일지, 친구와 내가 얼마나 가까운 사이인지, 근래에 선물을 한 적이 있는지, 친구 역시 최근 나에게 선물을 준 적이 있는지, 고른 선물이 얼마나 유용할

45

지, 그리고 무엇보다 그 선물이 얼마나 센스 있어 보일지! 가장 어려운 것은 역시 '센스' 아닐까요. 다른 문제야 대체로 제 마음에 달려 있으니, 그냥 스스로 잘 생각하고 정하면 되는데, 센스 있는 선물하기는 마음만으로는 도무지 해결되지 않는 문제입니다. 얼마나 어렵고 애매한 문제인지 '센스 있는 선물'이라는 어색한 말을 대체할 단어조차 생각나지 않을 정도입니다.

　너무 속물 같은 고민일까요? 누군가는 마음만 잘 담기면 그만 아니냐고 할 수도 있을 텐데요. 하지만 마음이란 특정한 형식을 통해서만 전달될 수 있으니까요. 말하지 않아도 안다는 광고도 있었지만, 사실 그 역시 모종의 특수한 형식이라고 할 수 있을 거예요. 아무리 진심을 담았다고 하더라도 그것이 적절하지 못한 형식으로 표현된다면, 그 마음이 제대로 전해질 수는 없으니까요. 그러니 좋은 선물 고르기만큼 어려운 일도 없는 것입니다.

　김승일 시인의 시에서 '엄마'도 그렇습니다. '나'의 어린이날을 축하하기 위해, 내가 좋아하는 양파튀김을 만들어주지요. 하지만 그 선물은 분명 센스 없는 선물이었어요. 나는 그래서 울고불고, 먹은 튀김도 다 토해냅니다. 하지만 더는 어린이가 아니니까, 마냥 울고 드러누워 있을 수만도 없어서, 결국 이해하지요. 엄마의 처지를, 엄마가 결코 나를 이해하지 못할 것이라는 사실을. 이 시는 어른이 되는 일을 이야기하는 시지요. 그리고 어른이 된다는 건 우리가 결코 타자를 이해할 수 없다는 사실을 이해하게 되는 것이라는 이야기를 하는 시이기도 하고요.

그런 의미에서 저에게 이 시는 어른이 되는 일과 '선물'의 관계에 대해 생각하게 해주는 시이기도 합니다. 최선을 다한 선물이 결코 마음에 도달하지 못하는 일에 대해, 사랑이 의지와는 무관하게 좌절되는 방식에 대해, 그럼에도 관계를 이어나가고자 하는 어떤 정성스러움에 대해, 아주 시니컬하면서도 귀엽게 말하는 시입니다.

저 역시 유년 시절을 돌이켜보면 마음에 드는 선물을 받았던 적은 거의 없었던 것 같아요. 제가 어른이 되고 어머니에게 해드린 선물도 어머니가 마음에 들어 하신 적은 없었던 것 같고요. 하지만 그럼에도 우리는 계속 선물을 하지요. 서로의 마음이 좀처럼 제대로 도달하지 않는데도 어떻게든 마음을 전하고 싶어서, 끊임없이 최선을 다해 잘못된 방식으로 어긋난 물건을 전하게 되는 거예요. 그래도 우리는 서로 고맙다고, 그렇게 말하게 되겠지요.

우유는 슬픔 기쁨은 조각보

우유 사러 갈게, 하고 나갔다가
돌아오지 않는 여자가 있다

생각해보니 여자는
우유 사러 갔다 올게, 하지 않고
우유 사러 갈게, 그랬다
그래서 여자는 돌아오지 않은 것일까?

우유는 슬픔
기쁨은 조각보

왜?

슬픔은 뿌옇게 흐르고
썩으면 냄새가 고약하니까
나에게 기쁨은 늘 조각조각
꿀이 든 벌집 모양을 기워놓은 누더기 같아
여자는 이렇게 말했다 그러나

전혀 기억나지 않는 말
지금 기억나는 말

그때 무얼 하고 있었지?

우유를 마시고 있었다
조각보로 덮어둔
밀크 잼 바른 토스트를 먹으며
티브이를 보고 있었다
재방송 드라마가 하고 있었고
주인공이 막 오래된 마음을 고백하려는 중이었다
고백은 끝나고 키스도 끝났는데

우유 사러 간 여자는 영영 오지 않았다
벌집 모양 조각보는 그대로 식탁 한구석에 구겨져
있고
우유는 방 안 가득 흘러넘쳤다

✤ 《우유는 슬픔 기쁨은 조각보》, 아침달, 2018.

사물의
감정

———

유독 어떤 감정과 잘 연결되는 사물들이 있습니다. 저는 그래요. 의자, 하면 슬픔이 떠오르고 우산, 하면 고독이 떠올라요. 살면서 겪는 여러 일이 누적되고 겹치면서 특정한 사물에 특별한 인상을 부여하게 된 거죠. 그건 개인적인 경험에서 비롯된 것이기도 할 테고, 또 어디선가 보거나 읽은 다른 작품들에서 영향받은 것이기도 할 거예요. 그때는 아무 생각도 없었는데, 어째서인지 지나고 보면 사물에 대한 기억들이 우리 마음속 어딘가에 차곡차곡 쌓인 거예요. 그때의 일을 모두 잊었다고 하더라도, 사물에 대한 감정은 우리의 마음속에서 흔적처럼 남아 있다가 부지불식간에 튀어나오는 거죠.

조금 다른 이야기긴 하지만 오래 사용한 물건에는 사람의 마음이 깃든다고 하잖아요. 그 말에도 사물이 우리의 마음과 맺는 관계가 반영되어 있을 거예요. 김영하 작가는 오래 살아온 집에는 상처가 있다고 말했는데요. 그 말 역시 우리의 삶이 사물과 맺으며 생겨나는 여러 마음의 흔적을 가리키는 것일 테죠. 이렇게 사물은 감정과 밀접한 관계를 맺습니다.

그렇기에 시는 사물을 이용하여 정서와 생각을 작동시킬 수 있습니다. 마음을 사물에 담아내기도 하고, 사물에서 갑자기 마음이 시작되기도 하는 세계, 그것이 시의 세계이자 우리가 살아가는 이 세계의 모습이라고 생각합니다. 대학로에 연극을 보러 갔을 때 연극이 시작하기 전 무대 위에 홀로 서 있는 의자를 보며 이건 슬픈 이야기겠구나, 생각한 적이 있었는데요. 아마 빈 의자로부터 홀로 있는 사람의 모습을 연상했을 거예요. 홀로 있는 사람의 모습을 떠올리면 홀로 있는 제 모습을 상상하게 되기 때문에, 결국 제 마음이 슬픔이라는 감정을 떠올렸을 테고요. 참 이상한 일이죠. 자신과 무관한 사물을 보면서, 거기에서 자신을 다시 떠올리게 된다는 것이요.

유형진 시인의 〈우유는 슬픔, 기쁨은 조각보〉는 우유와 슬픔을 연결합니다. 우유를 사러 갔다가 영영 돌아오지 않는 어떤 여자의 모습을 그리는 이 시는, 다시 그 여자의 삶에 드리웠을 어떤 슬픔의 그림자를 우유의 이미지와 연결 짓고 있습니다. 슬픔은 뿌옇게 흐르고, 썩으면 냄새가 고약하며, 기쁨은 그저 조각조각 기워진 것이라고 시인은 말하고 있어요. 참 절묘한 이미지입니다. 우유라는 시적 사물이 갖는 일상의 이미지가 일상을 버텨가는 슬픔을 잘 담아내고 있어요. 우유가 하얗기 때문에 더 슬플 수도 있다는 게 참 재미있기도 합니다.

이 시를 접한 이후 저는 우유를 보면 슬픔을 떠올리게 되었습니다. 그런데 정말 이상한 것은, 조각보에도 슬픔이 떠오른다는 것이었어요. 이상한 일이죠. 우유는 슬픔이지만, 기쁨은 조각보라고 시인이 말했는데도요. 여러분도 이 시를 다시 읽고 떠올려보면 어떨까요. 그리고 나에게 특별한 감정을 불러일으키는 특정한 사물들은 무엇이 있는지 생각해봐도 좋을 거예요. 한 편의 시가 하나의 생각을 불러일으킨다면, 그보다 더 좋은 일은 없으리라 생각합니다.

물기 머금 풍경 1

박
용
래

뭣하러 나왔을까
멍멍이,
망초 비낀 논둑길
꼴 베는 아이
뱁새
돌아갔는데
뭣하러 나왔을까
누굴 기다리는 것일까.
솔밭에 번지는
喪家의
불빛.

물기 머금 풍경 2

박
용
래

반쯤 들창 열고 본다.

드문드문 상고머리 솔밭
넘어가는 누런 해
반쯤만 본다.
잉잉 우는 전신주
귀퉁이에 매달린 연 꼬리
아슬히 비낀 소년의 꿈도

반의반쯤만 본다.

비가 올 것인가.

눈이 올 것이다.

✤ 《박용래 시전집》, 문학동네, 2022.

오지 않는 사람을
기다리며

———

기다리는 일을 잘하시나요. 저는 며칠 뒤의 일, 몇 주 뒤의 일은 기다리는 시간을 참지 못하고 호들갑을 떠는 편이에요. 이를테면 예약 구매한 물건을 받기 전까지 매일 밤 설레는 마음으로 관련된 정보를 끊임없이 찾아본다거나, 기다리던 만남이 있기 며칠 전부터 계속 그 약속을 신경 쓴다거나 하는 식이죠.

하지만 기다리던 당일이 되면 호들갑과 조바심은 간데없이 사라져요. 만나기로 한 사람이 한 시간 가까이 늦더라도 마음 편히 기다립니다. 책을 읽거나 밀린 일을 할 기회라 여기며 시간을 보내기도 하죠. 택배가 늦어지더라도 그래도 오겠지, 하는 까닭 모를 여유마저 생기는 겁니다.

기다림이 아무렇지 않은 이유는 그 사람이 오리라는 확신 때문일 거예요. 만약 그가 올지 안 올지 모르는 상황이었다면 그렇게 마음 편할 수는 없겠죠. "조금 늦을 것 같아. 빨리 갈게." 이 말 한마디가 우리를 안심하게 하니까, 한 시간이고 두 시간이고 기다려도 아무렇지 않을 수 있는 거죠. 아예 한 시간이나 두 시간쯤 늦어버리면 차라리 좋아요. 오히려 그 시간을 갑자기 주어진 여유로 느끼기도 하니까요.

하지만 기약 없는 기다림은 다릅니다. 경기민요 '태평가'에 이런 가사가 있습니다. "청사초롱 불 밝혀라, 잊었던 낭군이 다시 돌아온다." 예전에는 무심하게 지나쳤던 가사인데요. 지금 보니 정말 기쁜 일이에요. 잊고 살았던 사람이, 돌아올 것이라 기대조차 하지 못한 사람이 돌아온다면 그 기쁨이 얼마나 크겠어요. 민요 가운데 떠난 사람을 기다리는 노래가 많은 것도 뭔가 이유가 있을 거예요. 지금처럼 연락이 자유롭지 못한 시대이니 그 기다림이 얼마나 컸겠어요. 기약도 기별도 없이 그저 기다리기만 한다면, 그건 얼마나 지독한 감옥이겠어요.

박용래 시인은 그런 기다림에 대한 시를 썼습니다. 제목부터 참 멋지죠. '물기 머금 풍경'이라니요. 이것저것 다 빼버린 이 제목은 이야기를 들려주는 대신 그림을 하나 보여주는 시의 내용과도 잘 어울립니다. 〈물기 머금 풍경 1〉에서는 길가에 멍멍이 한 마리가 나와 있어요. 저녁이 깊어지는데, 사람들의 왕래가 적어 이제 모두 집에 있을 시간인데, 강아지는 아직 오지 않은 누군가를 기다리지요. 여기에 시는 마지막 한마디를 던집니다. 솔밭에 상가의 불빛이 번져간다고요. 그러면 이제 이 강아지가 무얼 하는지 분명해지죠. 죽은 사람을 기다리고 있는 거예요. 이미 죽은 채로 돌아온 줄 모르고 말이에요.

〈물기 머금 풍경 2〉는 앞의 시와 이어지는 시라 생각합니다. 활짝 열리는 창문도 아니고, 위로 들어 올려 여는 들창을, 전부도 아니고 반만 열어보는 사람이 있습니다. 이쪽을 보이고 싶은 마음은 없고 바깥만을 살짝 보고 싶은, 그런 닫힌 상태겠지요. 그리고 밖에는 솔밭과 잉잉대는 전신주가 보입니다. 전신주에는 연 꼬리가 하나 매달려 있고요. 그게 소년의 꿈이라는 이야기도 하지요. 그 소년의 꿈은, 그리고 소년은 더는 존재하지 않지요. 저는 이 시를 읽으며 〈물기 머금 풍경 1〉에서 죽은 사람이 아이일 수도 있겠다고 생각했어요. 그러니까 이 시는 떠나간 사람이 남긴 것을 생각하고 지켜보고 있는 거예요. 여기까지 생각하면 두 편의 시가 그리는 장면이 겹치면서 마음이 참 무겁고 또 아파옵니다.

기약 없이 누군가를 기다리는 일, 그리고 더는 그 사람을 기다리지 않는 일, 모두 좀처럼 견디기 어려운 일들입니다. 하지만 우리의 삶은 누군가를 기다리거나, 기다리지 않거나 하는 일의 연속이니까요. 이 삶을 버티고 또 견디는 일도 참 쉽지 않다는 생각이 듭니다. 그러나 우리는 계속 기다립니다. 기다린다는 것은 기대한다는 것이고, 삶이란 결국 그 기다림과 기대를 손에서 놓지 않기로 결심하는 일이니까요. 내가 무엇을 기다리는지 또 어떤 걸 기대하지 않기로 결심했는지

박용래의 시와 더불어 잠시 생각해볼 수 있을 거예요.

이제 지겹다고 안 할게

천수호

1.

당신이 사랑이라는 말을 처음 시작할 때
발에 걸리는 줄넘기 같은 저 산은
파도를 밑변으로 받치고 있었다

당신이 손을 뻗어 저 산의 뒤쪽을 애기할 때 나는
몸속 파도가 퍼붓던 애초의 격정과
나지막한 봉분의 속삭임을 뒤섞고 있었다

당신은 그렇게 왔고 또 그렇게 떠났다

오고 또 갔다고 했지만 그곳이란 원래 없는 것
파도가 풀어내는 바다

당신이 다시 온다면
했던 말 또 하고 했던 말 또 해도 이제 지겹다고 안 할게
그 말이 그 말 같지만 자세히 들어보면 다 다르다고
생각할게

갈매기가 한쪽 발을 적실 때와
통통배가 빠르게 지나갈 때의 파도가 다르듯이

2.
떠난 지 오 개월이 지난 지금도
누군가는 당신의 조의금을 보내온다
당신이 저 바닷물에 녹아드는 데 오 개월이 걸린다고
했던 말을
증명이라도 하듯이

어떻게 그렇게 천천히 걸어들어갈 수 있는 건지

바닷물이 소금이 되는 데 한나절이면 된다는 내 말에
당신은 또 저 건너편 기슭으로 달아난다
다시는 안 돌아올 기세로 가쁘게 숨을 몰아쉰다

파도의 겹겹 또는 첩첩
그 깊은 물결 속으로 당신이 뒤돌아보지 않고 걸어들

어가는 것을

마지막 호흡과 맥박과 혈압을
곤두박질치는 수치로만 지켜보았던 그때처럼

터지는 파도, 삼키는 파도, 뒹구는 파도, 놀라는 파도
사이로
또 한번 지는 굵고도 붉은 당신

❋ 《수건은 젖고 댄서는 마른다》, 문학동네, 2020.

지겨움과
사랑

―――――

왜 사랑은 어느 순간 지겨워지는 것일까요. 사랑이 작아
지는 걸까요? 마음이 변하는 걸까요? 저는 둘 다 아니라고
생각합니다. 우리에게 익숙한 사랑은 뜨겁고 격렬한 사랑일
거예요. 처음 사랑을 시작했을 때의 열기 같은 것 말이죠. 하
지만 손대면 델 것 같은 뜨거움이 사랑의 본모습은 아닐 겁
니다. 강렬할수록 그 기간은 너무도 짧으니까요. 식물의 절정
기를 꽃이 필 때라고 말할 수는 있겠지만, 꽃이 피는 순간만
을 식물의 본모습이라고 말하기는 어려운 것처럼요. 보편적
이고 실질적인 사랑의 형태는 뜨거운 열기보다는 은은한 촉
감에 가깝습니다. 살에 닿고 만질 수 있으면서 오래 만지고
있으면 어딘가 따뜻해지는 촉감. 그것이 제가 생각하는 사랑
의 물리적이고 물질적인 형태입니다.

그렇다면 왜 우리는 사랑에 지겨움을 느끼게 되는 것일
까요. 오래도록 만질 수 있는 부드러움과 편안함에 어째서
염증을 느끼게 되는 것일까요. 설령 오랜 시간 변치 않는 사

랑이라고 하더라도, 그것이 아무런 지루함을 느끼지 않는다는 뜻은 아닐 거예요. 정말로 누구 말마따나, 매번 짜릿하고 매일 새로운 사랑이 있을까요?

글쎄요. 그런 사랑이 있을지 없을지 모르겠지만, 우리 대부분은 그렇지 않지요. 그가 없이는 살 수 없다고 생각하다가도 어느 순간 그의 얼굴을 보는 일이 지겨운 날도 있을 거예요. 그러면 우리는 생각하게 됩니다. 혹시 내 마음이 변한 걸까? 내 사랑이 식었나? 저 역시 그랬어요. 어릴 때는 그런 마음 자체가 사랑이 끝난 증거라고 믿었습니다. 그 생각에 사로잡혀 관계를 끝내버리기도 했었고요. 하지만 시간이 지나 보니 그게 착각이라는 걸 알았습니다.

지루함이나 지겨움이야말로 변덕 같은 것이었고, 그런 마음이 생긴다고 사랑하는 마음이 사라지는 게 아니라는 걸 뒤늦게 깨달았습니다. 하지만 이미 끝난 관계를 돌이킬 수는 없었지요. 혼자 남은 마음이 사라질 때까지는 오랜 시간이 걸렸고, 저는 그 시간 내내 저의 경솔함을 후회했습니다. 그런데 정말 왜 그럴까요. 왜 사람의 마음은 이렇게 제멋대로 변해버리는 것일까요. 그리고 왜 우리는 이렇게 순간의 마음이 불러일으키는 착각으로 인해 오래도록 고뇌해야만 하는 걸까요.

우리가 사람이기 때문이겠지요. 스스로가 정확히 무엇을 원하는지 모른다는 것이 인간의 비극적 숙명이고 우리가 무엇을 원하는지 모르기에 우리는 종종 잘못된 선택을 합니다. 그리고 이렇게 여러 번 실수하고 착각하고 제 잘못에 대해 오래 후회하면서, 조금씩 배워가는 것이 사람의 인생일지도 모르겠습니다.

지루함이나 지겨움도 결국 물리적인 것이라 할 수 있을 것 같습니다. 사랑처럼 말이에요. 물속에 오래 들어가 있으면 물의 온도를 의식하지 못하게 되는 것처럼, 사랑도 기쁨도 그 유일한 좋음도 그 온도에 익숙해져서 없어지는 건 아닐까요. 물 밖에 나오면 갑자기 변해버린 온도에 적응하지 못해 당황하는 것처럼, 우리가 사랑에서 벗어났을 때 느끼는 황망함도 그런 것이 아닐까요.

천수호 시인의 〈이제 지겹다고 안 할게〉는 제목부터 참 인상적입니다. 대체 무슨 일이 있었기에 저런 말을 하게 되었을까요. 헤어진 사람에게 다시 만나달라고 하는 말 같기도 하고, 너무 지겹다고 많이 말해서 반성하는 사람의 모습 같기도 해요. 그런데 시를 잘 살펴보면 파도처럼 왔다가 파도처럼 떠나간, 사별한 연인에게 건네는 말이라는 것을 알 수 있지요. 시 속 화자가 말하는 당신은 바닷가에서 나에게 사랑을 고백했던 것 같습니다. 파도는 일렁이고 그 위로 산이 펼쳐진 곳이었어요. 그런데 파도가 떠나가듯 당신도 떠나갔습니다. 그래서 시 속 화자는 말합니다. 당신이 다시 온다면, 했던 말 또 하고 했던 말 또 해도 이제 지겹다고 안 할게, 라고요.

　너무 마음 아픈 고백입니다. 떠나간 사람을 그리워하며 돌아와달라 말할 때, 할 수 있는 말은 얼마든지 있겠지만, 이제 지겹다고 안 하겠다는 말에는 정말 많은 시간과 사건이 새겨져 있는 것 같아요. 그 시간 속에서 아주 많은 대화를 나누었을 테고, 그 대화들에는 수많은 마음과 사건이 켜켜이 쌓였을 거예요. 거기에 사랑하는 마음과 지겨운 마음이 함께 들어 있을 테고, 삶의 여러 기쁘고 즐거운 시간이 모두 들어 있을 겁니다. 그래서 가능한 말일 거예요. 이제 지겹다고 안 하겠다는 저 말은요. 파도가 물러나고 나서야, 그 물 밖으로 나오고 나서야, 그 시절 사랑의 온도가 무엇이었는지 새삼 깨닫는 것이지요. 정말 세상에는 돌이킬 수 없게 되고 나서야 알아차리는 일들이 참 많은 것 같습니다.

　저 역시 때로 삶이 지루하고 지겹습니다. 하지만 한편으로 이런 지루함이 상당히 사치스러운 것이라는 생각도 합니다. 지금을 소중히 여기자는 말은 조금은 뻔한 결말일지도 모르겠지만, 지루한 것도 뻔한 것도 너무나 귀한 것이었다는 사실을 우리는 또 시간이 지나 알게 되겠지요.

사람을 사랑해도 될까 　　　　 손
　　　　　　　　　　　　　　　　　 미

　사람이 죽었는데 사람을 사랑해도 될까. 밤을 두드린다. 나무 문이 삐걱댔다. 문을 열면 아무도 없다. 가죽을 깨무는 이빨을 자판처럼 박으며 나는 쓰고 있었다. 먹고 사는 것에 대해 이 장례가 끝나면 해야 할 일들에 대해 뼛가루를 빗자루로 쓸고 있는데 내가 거기서 나왔는데 식도에 호스를 꽂지 않아 사람이 죽었는데 너와 마주 앉아 밥을 먹어도 될까. 사람은 껍질이 되었다. 헝겊이 되었다. 연기가 되었다. 비명이 되었다 다시 사람이 되는 비극. 다시 사람이 되는 것. 다시 사람이어도 될까. 사람이 죽었는데 사람을 생각하지 않아도 될까. 케이크에 초를 꽂아도 될까. 너를 사랑해도 될까. 외로워서 못 살겠다 말하던 그 사람이 죽었는데 안 울어도 될까. 상복을 입고 너의 침대에 엎드려 있을 때 밤을 두드리는 건 내 손톱을 먹고 자란 짐승. 사람이 죽었는데 변기에 앉고 방을 닦으면서 다시 사람이 될까 무서워. 그런 고백을 해도 될까. 사람이 죽었는데 계속 사람이어도 될까. 사람이 어떻게 그럴 수 있어? 라고 묻는 사람이어도 될까. 사람이 죽었는데 사람을 사랑해도 될까. 나무 문을 두드리는 울음을 모른 척해도 될까.

❧ 《사람을 사랑해도 될까》, 민음사, 2019.

66

두려움을
끌어안고

앞서 지루함도 사치스러운 일이라고 이야기했지만, 지루함이 사치스러운 일이라면 사랑 또한 사치스러운 일일 거예요. 마음 놓고 사랑하는 일은 참 어렵습니다. 중고등학교 사회 수업 시간에 생활을 유지하는 데 빼놓을 수 없어서 어떤 가격이라도 치러야 하는 것은 필수재, 그 반대인 것은 사치재라고 배웠죠. 오늘날 우리는 사랑이 삶에 있어 필수적인 것은 아니라고 생각하는 경향이 있습니다.

"내 코가 석 자인데 어떻게 연애를 해", "매일매일 바쁜데 누굴 만날 시간이 어디 있어", "상황 좀 안정되고 돈이 좀 모이면 그때 누굴 만나야지"라고 말하고는 합니다. 틀린 말은 아니지요. 자신을 돌볼 여유가 없다면 타인을 돌볼 여유도 생기지 않으니까요.

하지만 꼭 그것만이 정답은 아닐 겁니다. 제 친구 중에는 사랑에 열심인 친구가 있는데요. 그 친구는 운동도 일도 모두 사랑하는 사람을 위해서 한다고 했어요. 그 사람에게 어울리는 사람이 되기 위해서 뭐든 열심히 한다나요. 그러니까 타인을 돌볼 힘을 얻기 위해 자신을 돌보는 셈이죠. 이 친구에게 사랑이 사치일까요?

누군가를 사랑하기 위해 어떤 자격이 필요한 건 아닐 겁니다. 연봉이 얼마가 되어야 하고, 외모는 어때야 하고⋯⋯. 그런 것들이 갖춰져야만 사랑할 수 있는 건 아니라는 말입니다. 사랑은 무엇보다 태도의 문제고, 마음가짐의 문제니까요. 다른 사람을 사랑하고, 그 사람을 위해 살아가기로 결심하는 일이 나를 위한 일로 이어지는 거라고 여기는 마음이 필요하다는 거죠.

세상사 다 마음먹기 나름이니 우리 마음을 고치자고 말하려는 것은 아닙니다. 마음만큼 마음처럼 안 되는 게 어디 있겠어요. 여전히 우리의 삶은 너무나 팍팍하고, 팍팍한 삶 속에서 마음이 여유롭고 부드럽게 변하기란 어렵지요. 그러니 생각해보는 거예요. 이 어려운 삶을 그나마 조금 낫게 만들어주는 것이 사랑 아닐까. 사랑을 함으로써 우리 삶의 어려움을 돌파할 수 있는 것은 아닐까. 이때의 사랑이란 꼭 연인의 사랑만은 아니겠지요.

제 친구가 그러했듯, 저 또한 사랑은 사치재가 아니라 필수재라 믿습니다. 앞서 이야기한 제 친구가 아주 특별한 예는 아니리라 생각합니다. 정도의 차이는 있더라도 누구든 어느 순간에는 다른 사람을 위해 살아갈 것이니까요. 누군가는 연인을 위해서, 누군가는 가족을 위해서, 또 누군가는 얼굴을 알지 못하는 다른 사람들을 위해서 살아가고 있습니다. 또 우리는 누군가에게 사랑을 받음으로써 삶의 이유를 찾아내기도 하잖아요. 어쩌면 사랑을 받아서 살아갈 힘을 얻는 쪽이 더 중요할 수도 있을 겁니다.

사랑 없는 삶은 불가능한데, 어쩌다 우리는 이렇게 사랑을 겁내게 됐을까요. 우리가 삶을 너무나 두려워하기에 사랑에도 겁을 내는 게 아닐까요.

손미 시인의 〈사람을 사랑해도 될까〉는 삶과 사랑에 대한 고민을 본격적으로 드러내는 시입니다. 사람이 죽었는데, 사람을 사랑해도 될까, 라는 첫 문장에는 정말 많은 고민이 담겨 있습니다. 사랑하는, 혹은 내가 아직 사랑하지 못한 사람이 죽고 떠났으므로 더는 사람을 사랑할 수 없을 것 같다는 고민이 있을 테고요. 세계에는 이처럼 외로워서 못 살겠다고 말하며 삶을 포기하는 사람도 있는데, 어찌 내가 감히 사랑을 할 수 있을까, 하는 고민도 있을 거예요. 아도르노의 그 유명한 선언, "아우슈비츠 이후 서정시는 불가능하다"는 말과 비슷한 맥락일 텐데요. 세계가 이렇게나 참혹한데 어떻게 아름다운 것을 생각할 수 있겠느냐는 그런 자각을 현실의 자리에서 표현해낸 것입니다.

정말 그렇긴 합니다. 나의 행복과 풍요로움은 결국 다른 누군가의 불행과 슬픔을 등지고 있을 수밖에 없습니다.

우리가 사는 세계 도처에는 외면받은 채 스러져가는 삶들이 있습니다. 이런 세상에서 정말 사랑이라는 것을 해도 좋을까, 이런 세상을 만들어낸 그 사람이라는 끔찍한 것을 사랑해도 되는 것일까……. 이런 고민을 하지 않을 수 없을 겁니다.

시인의 고뇌에 깊은 공감을 표하면서, 저는 앞선 이야기를 다시 반복하고 싶어요. 사랑에는 자격이 없다고요. 그리고 우리가 이 삶의 팍팍함을 이겨내기 위해서는 더욱 열심히 사랑해야 한다고요. 연인을 사랑하고, 가족을 사랑하고, 우리 주변의 사람들을 사랑해야만 한다고요. 말하고 보니 어쩐지 공자님 같은 말을 해서 조금 민망하긴 한데요. 그래도 이 생각에는 변함이 없습니다. 그러니까, 우리 조금만 더 용기를 내보죠. 두려움을 끌어안은 채로 내 옆 사람을 사랑해보는 겁니다.

페이크

이
진
희

달콤한 말만 선물로 받을 거야
뭐든 좋아 달콤하기만 하다면

커다란 리본을 달아줘
커다란 선물을 넣어줘
커다란 상자에 넣어줘
커다란 꽃다발과 함께
커다란 케이크를 만들어줘

나는 부서지기 쉬운 불멸의 거울
소중한 보석으로 다뤄줘
언제 무슨 일을 저질렀든 나를 달래줘
언제 무슨 일이 벌어지든 나를 받아줘
사랑받기 위해 태어났다는 노래를 불러줘
꿈속에서도 들릴 만큼 재생해줘

나에게 잘못이 있다면
믿음과 의심이 동시에 깊었다는 거

단 하나의 마음을 모두에게 무한수열처럼 나열했다
는 거
　　나는 진실만을 말하지
　　물론 맹세할 수 있어 이까짓 거짓말
　　내 앞의 당신은 달콤해야 하니까
　　당신 앞에선 달콤한 말만 선물할 거니까

　　커다란 리본을 달아서
　　커다란 선물을 보낼게
　　커다란 상자에 넣어서
　　커다란 꽃다발과 함께
　　커다란 페이크를 만들어줄 테야

　　줄게, 나를 달콤하게만 대해준다면
　　당신을 최고라고 느끼게 해줄게
　　쓰디쓴 것도 달콤하게 만들어줄게

❖ 《페이크》, 걷는사람, 2020.

거짓 칭찬이어도
고래는 춤을 추니까

우리는 일상에서 이런저런 칭찬을 주고받고는 하죠. 정말로 칭찬할 만한 부분이 있어 칭찬할 때도 있지만, 빈말을 하는 경우도 참 많습니다. 그런 칭찬을 들으면 빈말이라는 것을 알면서도 또 우리는 고맙다고 대답하죠. 빈말이라는 걸 알면서도 고맙다고 말하는 게 재미있습니다. 당신의 말이 거짓이어도 나는 그 말이 기쁘다고 말하는 거잖아요. 어릴 때부터 진실되게 살자. 거짓말을 하지 말자, 하는 말을 귀에 박히도록 들으며 살아왔는데, 우리는 때로 어떤 거짓말에 고마움을 느끼기도 합니다.

어린 시절에는 선의의 거짓말, 이라는 개념이 참 이상하다고 생각했습니다. 거짓말은 나쁜 건데 왜 선의로 나쁜 말을 하는 것일까, 하고 말이에요. 하지만 이런 말들이 없다면 삶은 원활하게 굴러가지 않는다는 걸 우리는 잘 알고 있습니다. 누군가를 오랜만에 마주쳤을 때 굳이 언제 밥이나 같이 먹자는 말을 건네는 게 그 사람을 속이기 위한 게 아니란

걸 알고 있잖아요. 삶이 너무 바쁘고 시간이 없어 우리가 당장 밥을 먹기는 어렵겠으나, 나는 당신과 시간을 보내는 일을 의미 있게 생각한다는 마음이 그 말에는 담겨 있죠.

그 빈말 덕분에 두 사람의 관계는 조금은 더 다정해질 수 있을 테고요. 혹시 모를 일이죠. 정말로 언젠가 밥을 먹게 될지도요. 저도 그런 식의 빈말이 반복된 끝에 결국 밥을 함께 먹은 일이 몇 번이나 있었는걸요. 빈말을 통해 우리는 조금 더 다정해질 수 있고, 거짓말이 때로는 우리의 삶을 더 풍요롭게 만들 수도 있는 겁니다.

오스카 와일드는 예술에서 거짓말이 얼마나 중요한지를 강조하는 한 권의 책을 쓰기도 했는데요. 《거짓의 쇠락》에서 와일드는 사실만을 강조하던 당시의 풍조 탓에 문학의 아름다움이 사라져버렸노라고 한탄했습니다. 자연이니 사실이니 하는 것들이 사실은 얼마나 빈약한 것인지, 거짓말의 풍요로움이 우리의 삶을, 그리고 예술을 얼마나 아름답게 만들 수 있는지, 오스카 와일드는 그다운 재치를 통해 전하고 있죠. 따지고 보면 맞는 말입니다. 문학이 곧 사실인 건 아니잖아요. 오히려 사실을 왜곡하거나 변형하는 것이 문학이죠.

문학은 사실 아닌 진실을 추구한다고 생각합니다. 개별적인 사실들 사이에 숨은 보편적인 진실을 끌어내는 것이 문학이죠. 하지만 사실의 벽이 너무나 두꺼워서, 특별한 구성과 기술이 아니면 좀처럼 뚫리지 않는 거예요. 그때 허구가 만들어내는 영리하고 날카로운 칼날이 사실의 틈새를 포착해서 진실을 끌어올릴 수 있다고 저는 생각합니다. 그래서 우리는 문학 작품이 허구라는 걸 알면서도 거기에서 우리 삶의 유의미한 진실을 발견해내지요.

이진희 시인의 〈페이크〉도 바로 그런 거짓말을 생각하는 시입니다. 시의 화자는 말해요. 달콤한 말만을 선물로 받겠다고요. 커다란 리본, 커다란 케이크, 커다란 꽃다발과 커다란 선물, 그런 것들을 받겠다고 말하지요. 가짜라도, 거짓이라도 좋다는 듯한 태도가 그 안에 숨겨져 있습니다.

그렇다면 우리는 이 시를 읽으며 화자의 마음을 헤아려보게 됩니다. 저 과장된 화려함으로 감춰야만 하는 슬픔과 괴로움은 어떤 것인지에 대해서요. 그것이 물거품처럼 금세 사라질 걸 알면서도, 일시적인 위안을 바라는 마음에 대해서요. 나아가 이렇게 말하기도 합니다. 나는 진실만을 말하겠다는 거짓말 또한 얼마든지 하겠다고요.

달콤함은 정말 그렇죠. 거짓말처럼 녹아서 금세 사라지는 감각이잖아요. 그렇다면 시의 화자가 그렇게나 열심히 말 걸고 있는 눈앞의 달콤한 당신도, 어느 순간 거짓말처럼 녹아서 사라져버릴 겁니다. 참 쓸쓸하고 슬픈 시예요.

당신을 달콤하게 만들어주겠다고 하며 나에게 달콤한 것만을 말해달라는 이 시의 전언 역시 전부 거짓이기도 합니다. 말하는 사람 스스로가, 이 모든 게 부질없는 거짓에 불과하다는 것을 잘 알고 있으니까요. 하지만 이 거짓말이 이 시의 화자를 한순간 구원하고 있다는 것은 부정할 수 없는 사실입니다. 이 한순간의 사실이 문학이 길어 올리는 진실과 연결되는 것이겠지요.

어쩌면 이렇게 말해볼 수도 있겠습니다. 진실과 거짓을 구분하는 일 자체는 그렇게 중요한 문제가 아닐지도 모른다고요. 삶이 복잡해지며, 옳은 것과 그른 것을 좀처럼 가리기 어려워진 이 시대에는 더더욱 그렇습니다. 중요한 건 우리가 주고받는 그 수많은 말이 우리를 어디로 끌고 가는지, 그리고 진실과 거짓을 통해 우리는 또 어디로 갈 수 있을지 하는 것이겠지요.

그 과정에 문학이 도움이 될 수도 있을 겁니다. 사실과 거짓 사이에서 문학이 잠시 길어 올리는 진실이란, 옳은 것과 그른 것을 구분하기 어려운 오늘날, 우리가 서 있는 자릴 잠시 비춰주는 작고 짧은 빛 한 줄기와 같은 것이니까요.

소소소小小小

서
윤
후

작고 앙증맞은 것들이 자꾸 큰 것을 물어 온다
식별 불가능의
삶을 다해도 알 수 없는 것들을

잠자리 날개를 집으려는 아이의 집게손가락은
아마도 가리키는 것이다
무엇이 무엇을 잠깐 멈추게 할 수 있는지

조생귤의 단단함에 침 흘리고
우산 하나에 여럿이 깃든 어깨의 단란함으로
이 거리가 잠깐 들썩일 수 있다면

열댓 명 모인 농성이
회전목마처럼 돌아가는 회전문을 막지 못한다
스피커에서 흘러나오는
울부짖음이 거리 어디에도 맺히지 못할 때

소실점으로 걸어 들어간 사람들이 있었다

점 뒤에서 이 세계를 요약하진 않는다
직통 버스 없는 터미널에서 떠나온 사람이
몇 시간을 먼저 기다리는 것이다
이 작은 도시에 멀미가 나서

아스피린과 타이레놀
다솜이와 영은이
동교동 삼거리와 공덕 오거리
(지도를 그리는 바늘들)

열심히 마늘을 빻는 부엌 작은 창 속에
한 스푼 설탕을 푸는 사람도 있어
복도식 아파트가 나눠 갖는 냄새

학원 가던 아이가 샌들을 벗어
자갈 하나를 떨군다
잠깐 완벽해지는 세계

❖ 《소소소小小小》, 현대문학, 2020.

작은 마음과
큰사람 되기

———

어릴 적에 읽었던 만화의 한 장면이 오래도록 마음에 남아 있습니다. 한국 만화였고 다소 황당한 설정들이 가득한 작품이었는데, 거기 주인공이 이런 말을 했거든요. "큰 사발 먹고 큰사람 되자"고요. 당시 TV에 자주 나오던 광고 문구였지요. 정말로 주인공은 컵라면을 먹고 거인이 됩니다. 어렸던 저에게 그때 그 장면이 엄청나게 충격적이었나 봐요. 다른 내용은 기억이 안 나는데 그 장면만을 아직도 이렇게 기억하는 걸 보면요.

장면 자체보다는 그 장면이 품고 있는 아이디어 때문이긴 했죠. 큰 것의 기호를 취해서 나 역시 큰 것이 된다는, 은유적인 것이 현실적인 것으로 전환되는 순간의 기묘한 낙차가 저에게는 아주 큰 충격이었던 거예요. 《이상한 나라의 앨리스》를 처음 접했을 때의 충격과 비슷했어요.

작은 것들이 모여서 큰 것이 된다는 사실은 당연하면서도 놀라운 일이죠. 세상의 모든 게 다 그렇잖아요. 모든 물질은 원자로 이루어져 있다거나 하는 과학적인 측면도 그렇지만, 우리가 속한 이 사회와 문화가 다 작은 것들의 누적과 집합으로 구성된 것이니까요.

우리는 이 당연한 사실을 평소에는 좀처럼 파악하지 못합니다. 큰 것과 작은 것의 연속성을 의식하지 않고 살아가는 거예요. 큰 것은 원래 큰 것이고 작은 것은 원래 작은 것이라고 생각하기 쉬우니까요. 커다란 고래도 작은 쥐도 세포 하나의 크기는 그다지 다르지 않은데 말이에요.

르네 베르자벨의 《야수의 허기》에는 이런 이야기가 나옵니다. 물질을 이루는 원자는 정말 작아서, 그 지름이 1억 분의 1센티미터 정도라고 하는데요. 그 작은 원자는 그보다 작은 원자핵과 전자로 이뤄지고 그것들은 너무 작아서, 원자를 축구 경기장으로 치면 원자핵과 전자는 거기에 놓인 축구공 정도라는 내용이었어요. 그래서 사실 원자의 대부분은 그냥 비어 있는 상태, 즉 '공간'이라는 거죠.

책에 그렇게 쓰여 있으니 그러려니 했지만, 사실 지금도 그게 무슨 소리인지 좀처럼 이해가 되지는 않습니다. 사람의 이해라는 건 어느 정도의 한계가 있을 수밖에 없는 모양이에요. 세상을 이루는 단위들을 쪼개고 쪼개며 작게 나눠 살피다 보면 좀처럼 이해할 수 없어져서, 우리가 일상적으로 영위하는 세계와 연결 짓기 어려워지는 거죠. 방금 든 예시야 물리학의 이야기이니 애초에 이해가 어려운가 보다 할 수도 있겠지만, 다른 영역도 마찬가지입니다. 우리는 국가 정책에 대해, 윤리적이며 철학적인 거대한 관념에 대해서는 마치 전문가가 된 것처럼 쉽게 말을 보탤 수 있지만, 그보다 낮은 층위에서 벌어지는 우리 삶의 실질적인 어려움들에 대해서는 좀처럼 해결책을 찾아내지 못합니다.

저는 서윤후 시인의 〈소소소小小小〉를 읽으면서도 그런 생각을 했어요. 이 시는 이 세계의 여러 작은 층위에서 벌어지는 작은 사건과 움직임들, 그리고 그 층위를 이루는 작은 존재들을 열심히 감지하고 있습니다. 이 시가 그리는 이 자그마한 것들은 시가 처음부터 대뜸 밝히듯 "삶을 다해도 알 수 없는 것들"입니다. 세상에는 작은 비밀들이 너무나 많습니다. 잠자리 날개를 집으려는 아이의 집게손가락도, 조생귤의 단단함도, 우산 하나에 여럿이 깃드는 단란함도요. 세상의 작은 일들은 좀처럼 그 전모가 파악되지 않는 것입니다.

작은 것은 그래서 큰 힘을 발휘하지 못하기도 합니다. 그래서 열댓이 모여 농성해도 저 커다란 건물의 회전문이 계속 돌아가는 걸 멈출 수는 없다고 시는 말하기도 하고요. 정의로움이 어떤 것인지는 쉽게 말할 수 있지만, 우리 삶에서 정의가 이뤄지게는 못하는 것입니다. 하지만 이 시는 그런 존재의 작음에 절망하지 않습니다. 이 시는 그 알 수 없는 작은 것들이 모인 게 우리의 삶이라고, 우리 삶은 그런 작은 것들이 모이고 모여서 굴러가는 것이라고 말하며 묘한 긍정의 태도를 보여주거든요.

그래서 이 시를 읽으면, 우리가 도저히 이해하지 못하고 파악하지 못하는 우리 삶의 세부를 확인하는 한편, 동시에 그 이해할 수 없음을 넘어서는 안도감을 얻어내기도 합니다. 어쩌면 그게 우리가 이 삶을, 우리 삶에 가득한 그 모름을 버티고 넘어서며 살아가도록 하는 방식인지도 모르겠습니다. 잘 몰라도, 이해할 수 없어도, 그 작고 바글거리는 것들을 짊어진 채로 앞으로 나아가는 일이요.

그건 좋다 나쁘다 갈라서 말할 수 있는 이야기는 아닐 겁니다. 우리는 그냥 앞으로 나아가고, 계속 미래를 향해 살아가고 있다는, 그런 당연한 이야기죠. 그 당연한 이야기가 우리를 다시 위로하며 미래로 보낼 수 있을 겁니다.

우리말 사전

현
택
훈

누굴까요 맹물을 타지 않은 진한 국물을 꽃물이라고
처음 말한 사람은

며칠 굶어 데꾼한 얼굴의 사람들은 숨을 곳을 먼저
찾아야 했습니다 마을을 잃어버린 사람들 한데 모여 마을
을 이뤘습니다 눈 내리면 눈밥을 먹으며 솔개그늘 아래 몸
을 움츠렸습니다 하룻밤 죽지 않고 버티면 대신 누군가 죽
는 밤 찬바람머리에 숨어 들어온 사람들 봄 지나도 나가지
못하고 동백꽃 각혈하며 쓰러져간 사람들 사람들 꽃물 한
그릇 진설합니다

누굴까요 오랜 가뭄 끝에 내리는 비를 비꽃이라고 처
음 말한 사람은

❈ 《난 아무 곳에도 가지 않아요》, 걷는사람, 2018.

말은 어디에서
오는 것인지

———

　말을 쓰다 보면 말의 어원이 궁금해집니다. 어릴 적엔 특히 그랬어요. 이를테면 '몸'과 '마음'의 발음이 비슷하잖아요. 그래서 혹시 옛날 사람들은 몸과 마음을 같은 것으로 봤던 것은 아닐까 생각하기도 했습니다. 아마 저만 그랬던 것은 아니겠지요. 물론 많은 말은 사용한 지 너무 오래되어서 이제는 어원을 확인할 수도 없고, 그저 유추해볼 뿐이지만요. 몸이나 마음의 어원과 관해서도 여러 가지 설이 있더라고요.

　말의 유래 가운데 개인적으로 가장 인상 깊었던 것은 '을씨년스럽다'였는데요. 저는 이 말을 처음 접하고는 여기에는 조선 후기, 을씨 여자와 관련된 어떤 일화가 있으리라 생각했어요. 여성에게 가해지는 폭력과 억압으로 인한 억울함과 한에 대한, 그런 비극적인 이야기가 남아 우리에게 전해졌을 거라고 혼자 상상했던 거예요. 알고 보니 을씨년스럽다의 '을씨년'은 을사늑약이 있던 을사년을 가리키는 말이라는 게 정설이었어요. 일제 강점의 슬픔과 원통함을 가리키는 말이었던 거죠.

정말 말이라는 것은 상상도 할 수 없는 방향에서 만들어지고 또 이어집니다. 다들 너무 아무렇지도 않게 써서 이제는 방송에서도 거리낌 없이 사용하는 '신박하다'라는 말도 있죠. 새롭고 놀랍다는 뜻으로 쓰이는데요. 십여 년 전쯤 게임 커뮤니티에서 주로 쓰였습니다. 그런데 어느 사이엔가 널리 퍼져 새로운 말로 쓰이고 있죠. 한자어처럼 느껴져서 더 편하게 받아들인 것 같기도 한데요. 워낙 흔하게 쓰는 말이니 곧 표준국어대사전에 등재되지 않을까 싶습니다.

이 시대의 흐름에 따라 새롭게 생겨나고, 또 없어지는 말들이 참 많습니다. '애완동물'이라는 말은 점점 쓰이지 않고 '반려동물'이라는 말이 더 많이 쓰이게 되었고요. 몇 년 전에는 '갑질'이라는 말이 새롭게 등재됐다는 뉴스가 전해지기도 했습니다. 우리의 말꾸러미는 우리의 삶과 이렇게나 가깝게 연결되어 있는 거죠.

말에는 사람의 생각과 마음이 들어 있잖아요. 당연한 사실인데 그 당연한 사실을 새삼스럽게 생각하다 보면 기분이 묘해져요. 누군가 내가 겪은 마음, 내가 본 풍경, 내가 떠올린 생각에 처음으로 뜻을 부여하고 거기 어울리는 소리를 낸다고, 시간이 흘러 사람들이 그 말을 따라 쓰며, 거기 담긴 삶과 마음이 전해지게 된다는 것을 생각하면 말이에요.

현택훈 시인의 〈우리말 사전〉 역시 그 말들의 결을 어루

만지는 시입니다. 대체 누가 맹물을 타지 않은 진한 국물을 '꽃물'이라 부른 것인지 궁금히 여기며 시작하는 이 시는, 그 말에 담긴 사람의 마음을 헤아립니다. 국물에 맹물을 더해 허기를 달래야 했던 시절의 마음이었을 거예요. 그 진하고 고 마운 맛의 국물을 두고 꽃물이라고 부르는 마음은 정말 어 떤 마음이었을까요.

단지 말이 예쁘다거나 그 말이 놀랍다거나 하는 데서 그치지 않는다는 점이 이 시의 아름다운 부분입니다. 대신 시는 말들 속에 담긴 사람들의 마음을, 그리고 삶을 떠올립 니다. 어렵고 힘든 우리의 삶 속에서 떠오르는 마음들과 그 마음을 가리키는 말들을 예민하고 섬세하게 짚어내는 거죠.

시인은 마지막에 다시 묻습니다. 오랜 가뭄 끝에 내리는 비를 '비꽃'이라고 말한 사람은 또 누구인지. 그리하여 우리 가 우리 삶에서 마주치는 어려운 순간의 마음과 그 어려움 에서 빛을 발견하는 순간의 마음은 무엇인지, 그 마음을 가 리키는 말은 무엇인지에 대해서요.

굳이 새로운 말을 발명할 필요는 없을 거예요. 우리가 이미 알고 있는 단어들 가운데 우리 마음을 표현할 말을 곰 곰이 궁리하는 것으로 충분할 거예요. 그리고 그건 결국 시 로 이어질 것입니다.

✦너는 순종을 가르쳐주고

김
현

어떤 대중가요는

영혼을 믿나요라는 말로 시작된다

어떤 대중가요가 영혼을 믿나요 같은 말로 노래를 시

작할 수 있나

어떤 남자는

내가 가장 사랑하는 음반이야

말로 고백한다

어떤 남자가 내가 가장 사랑하는 음반이야

같은 말로 반짝일 수 있나

어떤 대중가요는

사랑을 믿나요라는 말로 영혼을 믿나요라는 말을 뒤

따른다

✦　저기, 밤에 앉아 있었다. 너는 기타를 들고, 너는 기타를 어색하게
　　들고 밤공기의 영향권에 들어 있었다. 밤이 되어서야 걷거나 뛰는
　　사람들 사이로 정복될 수 없는 그림자 둘이 진실로 숲을 이루었다.
　　"할 수 있을 때 장미 봉오리를 모아라."

어떤 대중가요가 사랑을 믿나요 같은 말로 영혼의 어깨에 떨림을 두를 수 있나

어떤 남자는
마지막에서 두번째가 가장 좋아라는 말로
확실해진다
어떤 남자가 마지막에서
두번째가 가장 좋아 같은 말로 한 손을 잡을 수 있나

어떤 대중가요는
마법을 믿나요라는 말로 심장을 흔들리게 한다
어떤 대중가요가 마법을 믿나요 같은 말로 겹쳐진 손가락을 고정할 수 있나

어떤 남자는
운명을 믿나요라는 말을
어떤 남자의 침묵에 요구한다
어떤 남자가 운명을 믿나요

같은 말로
어떤 순간의 붉은 입술을 움직이고
어떤 대중가요는
영원을
믿나요 같은 말로 꽃을 피운다✦

✦ "오늘 미소 짓는 이 꽃도 내일이면 죽으리라. 로버트 헤릭."
한밤에 두개의 목소리를 보았다. 창문을 활짝 연 목소리였다.
혼자가 되어서야 걷거나 뛰는 나의 심장이 이제 막 순종을 배우는
목소리들을 가리켰다. 너희는 어두운 곳에 앉아 빛나는 곳의 장미
봉오리를 모으고 있구나. 밤이 흰 가시를 돋우고 있었다.

✤ 《입술을 열면》, 창비, 2018.

사랑을
노래하는 일

———

아마 여러분은 시 구절보다 노래 가사를 더 많이 기억하고 있을 겁니다. 저도 그렇습니다. 외우는 시 구절은 얼마되지 않는데, 노래 가사만은 어릴 적 배웠던 동요부터 최근의 음악까지 많은 가사를 기억하고 있어요. 애당초 노래란 외워서 부르기 위해 만들어진 것이기 때문이겠죠. 김소월의 시를 암송하는 이들이 비교적 많은 것은 그의 시가 노래와 아주 가깝기 때문일 겁니다. 노래와 시는 다른 방향으로 발전하여 오늘날에 이르러서는 만들어지는 방식도 즐기는 방식도 상당히 달라졌지만, 노래와 시 모두 유구하게 사랑을 주제로 다뤄왔다는 점만은 변치 않았다고 할 수 있습니다.

연애 시도 아름다운 것이 많지만, 사랑 노래 역시 아름다운 노랫말이 많습니다. 제가 특히 좋아하는 사랑 노래 중에는 송창식의 '사랑이야'가 있는데요. 당신은 누구시기에, 라며 묻는 말로 시작하는 가사가 참 절절하고 대단합니다. 노래는 당신의 단 한 번 눈길로 내 영혼이 부서져버리고야

만다고 고백하지요. 사랑이란 그런 거잖아요. 사랑하는 이 앞에서 우리는 취약해지고, 이전과는 전혀 다른 사람이 되어 버리고야 마니까요. 이 위태로운 상태를 두고 영혼이 부서졌다고 말하는 것이죠.

노래가 정말 좋은 것은 아름다운 가사 위에 그 못지않게 아름다운 멜로디가 사람의 목소리로 얹어진다는 점이죠. 사람의 목소리와 아름다운 멜로디, 그리고 사랑에 대한 가슴 아픈 노랫말이 함께하니 머릿속에 남을 수밖에요. 우리가 노랫말을 오래도록 기억하는 것은 목소리와 더불어 멜로디와 더불어 그 말이 우리 몸에 새겨지기 때문일 겁니다. 시가 좀처럼 노래를 따라잡기 어려운 지점이라고도 할 수 있겠네요.

김현 시인의 〈너는 순종을 가르쳐주고〉는 이러한 아름다운 노랫말에 감탄하는 데서부터 시작됩니다. 시는 "영혼을 믿나요"라는 말로부터 시작되는 어떤 대중가요의 가사에 감탄하는 한 남자를 비춥니다. 그리고 그 남자는 "내가 가장 사랑하는 음반이야"라고 말하죠. 이 시의 화자는 그 말들에 연이어 놀랍니다. 영혼을 믿나요, 라는 가사에도 놀라고, 동시에 내가 가장 사랑하는 음반이야, 라고 말하면서 반짝이는 남자를 보면서도 놀라요. 세상에 어떻게 이렇게 사랑스럽고 놀라운 것이 있을 수 있느냐는 식이지요.

이건 사랑을 느끼는 순간에 대한 시예요. 사랑에 대해

말하는 노래를 깊이 사랑하는 한 남자를 보며 그 남자의 순수함에 감탄하고, 그 남자에게 다시 깊이 사랑을 느끼는, 사랑이 겹치고 겹친 시인 거죠. 사실 이 시의 화자가 노랫말에 놀라는 까닭은, 그가 사랑하는 이가 그 노랫말을 사랑하기 때문입니다. 어떤 대중가요가 이럴 수 있느냐며 반복되는 시의 문형은 그저 노래이기만 해서는 이토록 큰 놀라움을 줄 수 없었으리라는 인식을 포함하고 있습니다. 이 시는 당신이 기쁘기에 나는 기쁘고, 당신이 그 노래를 사랑하기에 나 또한 그 노래를 사랑할 수 있노라고 말하는 것입니다.

이 시는 김현 시인의 시 중에서도 두드러지게 사랑의 기쁨을 노래하는 시입니다. 동시에 사랑의 속성을 잘 보여주는 시이기도 하고요. 앞서 이야기한 송창식의 노래와도 겹친다고 할 수 있습니다. 송창식의 노래가 눈 마주치는 순간 한 번에 부수어지는 영혼을 말했다면, 이 시는 당신의 말 한마디에 무너져 내리는 나를 보여주고 있는데요. 이 시의 제목이 '너는 순종을 가르쳐주고'인 것은, 그토록 순진하고 경이롭게 자신이 좋아하는 노래를 말하는 사람에게 무릎을 꿇고 자신을 바치고 싶어 하는 마음을 가리키는 것입니다.

사랑이란 결국 자신의 주인 됨을 스스로 내려놓는 일이니까요. 나보다 당신을 더욱 귀하게 여기는 일이 사랑이고, 그 사랑 앞에서 한없이 순해져 나를 얼마든지 내려놓는 일 또한 사랑입니다. 그러한 사랑의 마음을 누군가는 순종이라고 하고, 또 누군가는 영혼이 깨지는 일이라고 말하는 것이겠지요.

참 신기하지 않나요. 수천 년 동안 시와 노래는 사랑을 주제로 해왔는데, 아직도 할 말이 남아 있다니요. 그러나 앞으로도 수천 년은 더 시와 노래는 사랑을 노래할 것입니다. 그리고 그 사실이야말로 정말 사랑의 놀라운 점일 거예요.

달콤한 인생

장승리

내가 한 말에도 겁을 먹었어 무수하게 취소된 말들이 비로 내렸어 비가 시체를 건너뛰었어 시체가 웃음을 터뜨렸어 달콤한 것들이 얼마나 짠지 계속 물을 들이켜야 했어 갈증이 비를 취소했어 저 비를 잊어버리면 안 되는데 안 되는데만 기억이 났어 엄마를 때렸어 잘못했어와 미안해를 구분하지 못했어 모르는 걸 아는 것보다 모르지 않는 걸 아는 것이 더 어려웠어 사면이 예리한 유리와 춤을 추는 동안 붉게 지는 해가 아름다웠어

❖ 《반과거》, 문학과지성사, 2019.

아무리
무서워도

———

저는 겁이 많은 편입니다. 특히 어릴 적부터 높은 곳을 무서워했는데요. 아직도 가벼운 고소공포증을 갖고 있습니다. 높은 곳만 두려워하는 것이 아니라 높은 곳의 이미지나 영상만 봐도 아찔할 정도입니다. 예전에 피터 잭슨 감독의 영화 '킹콩'을 보면서는 온몸에 진을 다 뺄 정도였어요. 높은 건물에 킹콩이 매달려서 사람을 쥐고 흔드는 영화잖아요. 고층 건물 장면을 하도 다이내믹하게 찍어서, 영화를 보는 내내 식은땀을 흘리다 거의 넋이 나간 채로 상영관을 나선 기억이 나네요. 어릴 때부터 미끄럼틀을 잘 못 탔고, 지금도 워터슬라이드 같은 것은 무서워서 쳐다보지도 않습니다.

그 밖에도 무서운 게 참 많아요. 멀쩡히 걷다가도 갑자기 위에서 뭔가가 떨어지면 어떡하나, 하는 생각에 주위를 둘러보고요. 심지어는 먼 훗날 내가 죽어 땅에 묻혔는데, 갑자기 관 속에서 눈을 뜨면 어쩌나 하는 생각에 괴로워하기도 합니다. 영화 같은 걸 보고 생겨난 이미지가 머리에서 떨어지질 않는 거죠. 일어나지도 않을 일을 걱정하고 고민하느라 기력을 낭비하는 시간도 많습니다. 중국 고사 가운데 '기우杞憂'라는 게 있잖아요. 하늘이 무너질세라 땅이 꺼질세라 걱정했다던 기나라의 노인과 그 노인의 걱정을 가리키는 말인데요. 저에게 어울리는 이야기죠. 실제로 일어날 가능성은 하염없이 낮다고 생각하면서도, 불안한 생각이 들기 시작하면 그 생각이 쉽게 멎지 않는 겁니다.

불안도가 높고 걱정이 많은 성격은 일종의 완벽주의로 자신의 잘못을 쉽게 받아들이지 못하는 경우가 많다는 말을 책에서 읽은 적이 있는데요. 그 또한 저의 이야기입니다. 저도 한번 잘못을 저지르면 그 일을 지나치게 오래 마음에 담아두거든요. 죄의식을 쉽게 느끼고, 지나간 일에 대한 후회를 자주 하고, 내가 한 선택 대신 다른 선택이 더 낫지 않았을까 계속 고민하는 거죠.

그런데 사실 저는 안전에 대해서는 상당히 둔감한 편입니다. 아이러니하지만, 걱정과 불안이 높아 오히려 걱정과 불안 자체를 회피하는 경향이 있거든요. 생각하면 피곤해지니, 아예 생각하지 않는 쪽으로, 아무런 대책과 방비를 하지 않는 쪽으로 향하는 거죠. 여러모로 피곤한 성격인데요. 어쩌겠어요. 이런 성격을 짊어진 채로 이 삶을 잘 버티는 수밖에 없죠.

장승리 시인 역시 어쩌면 두려움을 자주 느끼는 사람일

지도 모르겠습니다. 시는 처음부터 이렇게 시작하죠. "내가 한 말에도 겁을 먹었어"라고요. 자신이 던진 말이 불러일으키는 일들조차 때로는 감당하기 어렵고 두려울 때가 있습니다. 시인은 더욱 그럴 거예요. 시인은 언제나 말을 고르고 또 고르는 사람이니까요.

그렇게 생겨난 두려움은 어마어마하게 불어나 마치 비처럼 주변을 모두 채워버립니다. 내 몸을 적셔버리기도 하죠. 그 비를 맞으며 나는 혼란에 빠지고, 갈증을 느끼기도 합니다. "저 비를 잊어버리면 안 되는데 안 되는데만 기억이 났"다고 말하는 이 대목은 특히 마음이 아픕니다. 말에 대한 두려움과 그럼에도 무엇인가 말하고 기억해야만 한다는 강박에 고통받는 그 마음이, 너무나 지독하게 잘 나타나 있죠.

이 짧은 구절에서 보이는 혼란의 지속과 그 양상이 저에게는 너무나 가슴 아프게 느껴졌습니다. 동시에 그 마음이 무엇인지 잘 알 것 같았어요. 두려움은 사람을 강박적으로 만들거든요. 말하는 일이 두렵다면, 말에 강박을 갖게 되는 것입니다. 그런데 시인이란 얼마간은 말을 두려워할 수밖에 없는 존재이지요. 시 쓰기란 두려움 속에서 말하는 일이 되는 겁니다.

시인은 그런 고통 속에서 아름다움을 발견합니다. 유리처럼 날카로운 고통과 춤을 추는 동안에도 붉게 지는 해가 아름다웠다고 말하죠. 깨질 것처럼 위태롭고, 그렇기에 극도로 섬세한 아름다움은 고통과 고뇌 속에서만 가능할 거예요. 나 자신을 견디지 못해 죽을 것처럼 괴로운 와중에도 무심코 올려다본 하늘의 색이 너무나 선명하다고 생각하게 되는 순간, 그때에만 알아차릴 수 있는 어떤 아름다움이 분명히 있습니다. 그 아름다움은 필경 시인이 자신의 말과 내면을 고민하고 돌아보고 있기에, 두려워하고 있기에 비로소 발견되는 것일 테고요. 때로 어떤 아름다움은 그렇게 한없이 착란에 가까운 데 있습니다.

그렇기에 저 두려움도 마냥 의미 없는 것은 아닐 수도 있겠습니다. 어떤 예민한 고통 속에서만 감지되는 세계가 분명하게 존재하니까요. 이 시의 제목인 '달콤한 인생'은 역설적이게도 삶 자체를 정확하게 지시하는 것이기도 합니다. 고통이란 말은 쓸 고(苦) 자에 아플 통(痛) 자를 쓰죠. 쓰디쓴 것이 있기에 비로소 발견되는 달콤함이 있다고 시인은 말하는 겁니다. 달콤함과 아름다움이 두려움과 괴로움을 가릴 수는 없을 거예요. 하지만 우리가 발견하는 저 아름다움은 우리에게 두려운 채로 있어도 좋다고 말해줄 수는 있을 겁니다.

우리가 왜 여기서?

김
소
형

길을 모르는 사람들이 나를 찾는다.

여기 처음 와봤어. 어디로 가면 버스를 탈 수 있어?

나가면 찾을 수 있어요. 여기 매일 오는데 매일 모르
겠어요.
제게 묻지 마세요. 미안해요.

가방을 파는 아저씨는 알까. 인절미 파는 아줌마는
알까.
육교에 있는 거지 아저씨는 알까.

길 하나도 설명을 못하면서 무엇을 가르치러 가는 걸까.

여긴 없는 게 없네요.

지도를 들고 오는 외국인이 나를 찾는다.

학생, 아가씨, 저기요, 실례합니다.

여기가 맞는데, 어디로 나가야 하는지는 정말 모르겠
어요.

❧ 《좋은 곳에 갈 거예요》, 아침달, 2020.

길을 물어보면
길을 알려주자

———

　길을 잘 못 찾는 친구들이 있습니다. 아무리 알려줘도 어딘가 이상한 곳으로 빠져버리는 신비한 능력을 가진 친구들입니다. 그런 친구들에게 물어보면 누가 아무리 길을 알려주고 직접 지도를 찾아봐도 좀처럼 위치가 파악되지 않는다고 하더라고요. 전화로 길을 알려주려고 지금 위치가 어디냐고 물어봐도 랜드마크나 큰 건물을 알려주지 않고 눈앞에 보이는 물건과 가게 간판 정도를 말해주니 아무런 도움이 되지 않죠. 어디를 가든 자기 느낌을 믿고 무작정 걷는 게 길치의 특징이라던데요. 그래도 어떻게든 길을 찾아 도착하고야 마는 걸 보면 시간은 걸리더라도 길치만의 루트가 있긴 한가 봅니다.

　지도 앱 덕분에 요즘은 다들 비슷한 최단 경로를 따라가게 되었지만, 예전에는 각자 자기만의 길 찾는 법을 따라 움직이곤 했습니다. 저는 골목길보다는 큰길 걷기를 더 좋아하는데요. 골목길로 다니다 보면 길을 헤매기 쉬워지니 크게 돌아가는 게 아니라면 큰길을 택하고는 합니다. 이 또한 제 나름의 경로라고 할 수 있겠습니다.

스마트폰이 없던 시절에는 헷갈리는 길이 나오면 지나가는 분께 길을 물어보기도 했습니다. 그렇게 묻고 또 묻다 보면 목적지에 무사히 도착할 수 있었죠. 이제는 길을 묻는 사람은 경계의 대상이 되어버렸죠. 지도 앱이 최단 경로를 알려주는데 그럼에도 길을 묻는다면 의심의 눈초리를 살 수밖에요.

그렇게 좀처럼 길을 묻지 않는 시대가 되었습니다. 길을 못 찾는 사람들도 많이 줄어들었죠. 인터넷과 스마트폰 덕분에 초행길도 걱정 없이 갈 수 있고, 길을 헤매다 약속에 늦지는 않을까 걱정할 일도 없어졌습니다. 하지만 그게 우리가 길을 잘 안다는 뜻은 아닙니다. 길을 묻지 않는 시대가 되었다고는 해도 종종 누군가가 길을 물어볼 때가 있지요. 스마트폰에 익숙하지 않은 어르신들도 그렇고, 지도 앱을 아무리 살펴도 도무지 찾는 곳이 보이지 않아 당혹스러워하는 길치 또한 여전히 존재합니다. 누가 그렇게 길을 물었을 때, 저는 제대로 길을 알려준 적이 거의 없습니다. 저도 지도 앱이 알려주는 대로 걸어왔을 뿐이거든요.

지도 앱을 통해 목적지에 쉽게 도착할 수 있지만, 우리는 내가 걷는 길이 어떤 길인지, 늘어선 건물들이 어떤 관계를 맺고 있는지에 대해서는 좀처럼 모른다는 이야기죠. 길을 찾아간다 하더라도 길은 여전히 모르는 채로 남아 있는 것이 오늘날 우리의 모습입니다.

김소형 시인의 시도 그렇죠. 길을 모르는 사람들이 길을 묻고 있어요. 하지만 시의 화자 또한 길을 모르기는 마찬가집니다. 매일 오는데도 매일 길을 모르겠다고 시의 화자는 말합니다. 가방을 파는 아저씨도, 인절미 파는 아줌마도 그럴지도 모릅니다. 다들 길을 모르는 채로 길을 찾아가고 있는 거죠.

시의 화자는 "길 하나도 설명을 못하면서 무엇을 가르치러 가는 걸까" 하고 생각하는데요. 아마 학생들을 가르치는 일을 하는 모양입니다. 삶에서 우리가 설명할 수 있고, 제대로 알고 있는 것은 아마 거의 없을지도 모른다는 생각, 그럼에도 우리는 무엇인가를 묻고 배우고, 또 가르치고 있다는 생각을 하는 거죠. 시의 마지막에 외국인이 길을 물어오며 말하는 것처럼, 우리는 대체 어디로 나가야 하는지, 어떻게 이 삶의 여로를 걸어 나갈 수 있는지 도무지 알 수 없습니다. 그런 면에서 우리는 모두 길치인 셈입니다.

그렇다면 대체 어떻게 해야 할까요? 어디로 가야 할지 알 수 없고, 어떻게 살아야 할지 알 수 없는 우리에게 누가 길을 알려줄 수 있을까요? 인생의 지도 앱 같은 것은 없고, 길을 물어도 알려줄 수 있는 사람 또한 없지만…… 어쩌면 시가 작은 위안이 되어줄 수 있을 거예요. 우리가 길을 잘 잃어버릴 수 있도록, 그리고 길 위에서 헤매는 일을 사랑할 수 있도록 만드는 것이 시니까요.

반반

김
경
인

양념 반 프라이드 반은
가장 아름다운 조합
모가지와 다리가 평등하게 잘려 버무려지고
바싹하게 튀겨져 목구멍 너머로 꿈결처럼 사라지는
날개들
반반은 내가 아는 최초의 얼굴
자정에 얼굴을 가리면 반은 여자고 반은 남자라는
반반은 내가 아는 가장 유쾌한 비밀
오른뺨은 어둠으로
왼뺨은 희미한 빛으로 서로를 향해 아코디언처럼
부풀다 터지는 울음주머니
반반은 그러니까, 제법 슬픈 주름
내려가도 끝이 없는 계단
오른쪽과 왼쪽 사이좋게 닳아가는 무릎들
1월과 7월의 달력에서
따로따로 죽은 채로 발견되는 너무 작은 신들의 이름
정성껏 고를수록 실패하는 선물들
그러니까 반반은

내가 출근 할 때 두고 오는 그림자들

너는 정말 시인 같지 않아,

동료들이 이런 말로 나를 칭찬할 때

나 대신 술 마시고 욕을 하고 울며 시 쓰는 하찮은 마음들

한 짝은 고독 쪽으로 한 짝은 환멸 쪽으로 팽개쳐버린 구두

반반하게 낡아가는 심장들

너는 정말 시인 같지 않아,

내가 무심코 시집을 펼칠 때

❖ 《일부러 틀리게 진심으로》, 문학동네, 2020.

우리 삶도 반반으로
가를 수 있다면

———

치킨도 취향이 많이 갈리죠. 양념치킨을 좋아하는 사람도 있고, 프라이드치킨을 좋아하는 사람도 있습니다. 요새는 그 밖에 여러 맛이 있어요. 사실 저는 아주 확고한 양념치킨파입니다. 프라이드는 어지간해서는 손 안 대고요. 간장이니 치즈니 하는 것들도 저는 별로예요. 확고한 양념주의자라고 할 수 있겠습니다. 하지만 저와는 반대로 프라이드만을 고수하는 친구도 있으니, 의견이 갈리면 때로는 긴 토론과 합의의 시간이 필요하기도 합니다. 그러나 다행스럽게도 치킨집에는 반반이라는 메뉴가 있습니다. 두 가지 맛을 한 번에 즐길 수 있는 현명한 선택이죠.

치킨만 반반이 있는 것도 아닙니다. 짜장면과 짬뽕이라는 믿을 수 없이 어려운 문제에 대해서도 '짬짜면'이라는 훌륭한 선택지가 존재하고요. 요새는 피자도 반반으로 만들어 팔고 있으니, 정말이지 반반의 시대라고 할 수 있겠습니다. 여러 음식을 풍성하게 차리면 먹는 기쁨은 더 커지기 마련이니,

이런 반반은 멋지고 좋은 일일 겁니다.

삶은 먹을 것과 달리 반반으로 나누기 어려운 순간이 많습니다. 요즘 저의 가장 큰 고민은 시인으로서 삶과 생활인으로서 삶을 조화롭게 유지하는 일인데요. 좀처럼 쉽지 않습니다. 단순하게는 하루의 시간을 분배하는 것부터 어려워요. 하루는 24시간밖에 되질 않고, 그 시간은 시인과 생활인 그 어느 한쪽에 다 쏟아도 그 일을 제대로 끝내기 어려운 경우가 많거든요. 그건 단지 시간만의 문제가 아니기도 합니다.

삶의 여러 순간에서 어떤 선택을 내려야 할 때, 시인으로서의 자신과 생활인으로서의 자신이 해야 하는 선택은 종종 다르기도 하거든요. 어떤 현상이나 사안을 판단할 때도 마찬가지고, 저 자신이 앞으로 어떻게 살아가야 할지 고민할 때도 그렇습니다. 시인과 생활인이 서로 정반대라거나 서로를 배제하는 성격을 가진 것이라고 할 수는 없지만, 한 사람의 삶이 감당할 수 있는 역할은 어느 정도 한계가 있는 듯합니다. 제 삶도 간명하게 반반으로 나뉠 수 있다면, 그것이 서로 조화로울 수 있다면 얼마나 좋을까요?

김경인 시인의 시 〈반반〉은 바로 이런 곤경을 잘 표현한 시입니다. 나뉠 수 없는 것투성이인 우리의 삶에서, 반반 치킨처럼 공평하고 아름답게 나뉘면서 또 조화를 이루는 것도 흔하지 않은 것 같습니다. 그리고 시인은 바로 그 지점을 재치 있게 포착한 거죠.

시인의 시선은 우리 삶의 여러 반쪽을 향해 확장됩니다. 서로 사이좋게 닳아가는 오른쪽과 왼쪽 무릎이나, 한 해의 절반을 가르는 1월과 7월, 빛을 받은 한쪽 뺨과 그림자가 진 반대쪽 뺨처럼 우리 삶에 존재하는 그 많은 반쪽을 시인은 부드럽게 어루만지듯이 묘사하죠.

시는 시인의 진정한 반반, 그러니까 직장인으로서의 나와 시인으로서의 나의 반반을 향해 나가는데요. 시인은 그걸 "내가 출근할 때 두고 오는 그림자들"이라고도 표현하고, 또 동료들이 너는 정말 시인 같지 않다며 칭찬할 때, "나 대신 술 마시고 욕을 하고 울며 시 쓰는 하찮은 마음들"이라고도 표현합니다.

시인 같지 않다는 말이 칭찬이라니, 납득되기도 하고 서글퍼지기도 하는 대목입니다. 하지만 정말 그렇죠. 직장에서 시인처럼 행세하는 사람이 있다면 여러 사람 피곤해질 테니까요. 그렇게 이 시는 결코 화해될 수도 없고 잘 어우러질 수도 없는 우리 삶의 여러 반반을 톺아보다 무심코 시집을 펼치는 장면으로 끝을 맺습니다.

이는 시인만의 고민은 아닐 겁니다. 결코 쉽게 나뉠 수도, 그리고 잘 나뉘어서 어우러질 수도 없는 내 삶의 부분들을 여럿 갖고 있는 건 우리 모두 마찬가지일 테니까요. 어떻게 해야 우리는 도무지 메워지지 않는 삶의 괴리를 견뎌낼 수 있을까요. 어쩌면 그걸 계속 고민해나가는 것이 삶일지도 모르겠다는 생각이 듭니다.

공책 　　　　　　　　　　　　　　　　　　　이
　　　　　　　　　　　　　　　　　　　　소
　　　　　　　　　　　　　　　　　　　　연

몸을 더럽히지 않으면
죽을 때까지 볼 수 없었다

가볍고 싶다
사과 껍질 같은 말만 남았다

종전까지 우리가 감싸고 있던 것에 대해서 말문이 막
힌다
펼쳐진 공책
어떻게 둥근 것들은 이렇게 납작해질 수 있을까

쟁반처럼 누워 바닥에 귀를 붙였다
들려온 말과 이해하는 말 사이 벽이 흔들렸다
지상에 어울리지 않았으므로

무슨 말을 하더라도 닳아가는 사람만은
사랑하리라

물집이 잡히고
사마귀가 돋고
털이 빠진다

너의 질병을
만져 보리라

잠적한 고백
주인을 모르는 발자국처럼 복원되지 않았다

심장 속에서 사과를 꺼내 깎아 내겠다는 것
어쩌면 식어버린 첫발

마음이 납작해진다
내가 주려던 건 이게 아니다

❖ 《나는 천천히 죽어갈 소녀가 필요하다》, 걷는사람, 2020.

자꾸 사기만 하는
공책들 속에서

———

공책이라면 일단 사놓고 보는 버릇이 있습니다. 예쁘고 좋은 공책이 보이면 저건 사야겠다는 생각에 사로잡히는 거죠. 세상에는 왜 이렇게 예쁜 공책이 많은 것인지, 크기도 다양하고 두께도 질감도 다 다르죠. 커버도 신경 써서 나오는 것들이 많아서 공책을 둘러보면 괜히 마음이 설렙니다.

제가 주로 쓰는 건 '리갈노트'라고 불리는, 뜯어서 쓰는 방식의 공책이었는데요. 이게 아주 좋아서라기보다는, 오히려 마음 놓고 함부로 쓸 수 있어서 쓰는 면도 있어요. 마음에 들어서 산 공책은 쓰기가 아까워서 되레 잘 쓰지 못했거든요. 그 덕분에 제 책장에는 쓰지 않고 쌓아둔 공책이 잔뜩 있습니다. 가끔 친구에게 처분을 하는데도 그만큼 또 선물을 받기도 하고, 사기도 하니, 공책이 하염없이 늘어나는 겁니다.

좋은 공책에는 무엇인가 의미 있는 것을 써야만 할 것 같습니다. 글을 써야겠다는 생각을 처음 했을 때도, 일단 공책부터 샀습니다. 지금도 기억나요. 초록색 스웨이드 소재로 된 하드커버 공책이었는데, 저는 거기에 처음으로 소설을 썼어요. 아마 7,000원 정도였을 거예요. 고등학생 입장에서는 상당히 고가의 공책을 산 거였죠. 소설 쓰기에 대한 저의 마음이 제법 진지했던 모양입니다. 좋은 공책에는 좋은 글을 쓸 수 있을 것만 같잖아요.

어떤 공책은 제가 수업을 들으려고 샀고, 어떤 공책은 강의를 하기 위해 샀습니다. 어떤 일이든 공책을 다 채우지 못할 때가 많았습니다. 그럴 때는 빈 공책을 이어서 쓰는 일이 쉽지 않았어요. 그 공책이 할 일은 여기까지다, 라는 생각이었던 거죠. 다른 일에는 또 다른 어울리는 공책을 써야 한다는 생각에 뒷부분이 빈 채 남아 있는 공책이 저에게는 제법 많습니다.

때로는 넘치는 의욕으로 공책부터 사놓고 일이든 공부든 시작했는데, 몇 페이지 쓰지도 않고 텅텅 빈 공책도 있습니다. 그런 공책을 보면 부끄러운 마음과 아까운 마음이 드는데요. 그래도 또 그 공책에 무엇인가를 이어서 해야겠다는 마음이 좀처럼 생기질 않으니, 그 또한 종이에 미안한 일입니다. 앞부분을 뜯어내기 쉽게 생긴 공책이라면 앞을 뜯고 새롭게 시작할 텐데, 그러지 못한 경우도 많아 참 곤란한 일이죠.

공책은 생각을 새롭게 적어 옮기는 물건이죠. 거기에는

생각과 마음이 고스란히 남습니다. 심지어는 다 쓰지 못하고 뒷부분이 빈 공책마저도, 그 빈 부분까지 우리 삶의 기록이라고 할 수 있을 거예요. 쓰지 못했던, 쓸 수 없었던 그때의 시간이 거기에 여백으로 기록된 셈이니까요.

이소연 시인의 〈공책〉도 이런 마음을 이야기하고 있는 것 같습니다. "몸을 더럽히지 않으면/ 죽을 때까지 볼 수 없었다"고 말하는 이 시의 첫 문장은 말 그대로 공책의 성질을 이야기하는 거죠. 새하얗게 빈 공책을 더럽혀야만 거기에 마음과 생각이 담기니까요. 이 시는 가볍고 싶다거나, 사과 껍질 같은 말만 남았다거나 하는 고백을 하는 한편, 납작한 종이의 면을 살피면서는 어떻게 그 둥그렇던 것이 이렇게 납작해질 수 있는지 놀라기도 하죠. 그 모든 과정은 작은 공책에 담기는 사람의 말과 마음에 대한 생각이라고 할 수 있을 겁니다. 말이란 하면 할수록 무거워지는 동시에 그 많던 뉘앙스와 의미들이 모두 사라져버리고 납작한 내용만 남게 되니까요.

그럼에도 시인은 말을 통해 타인에게 가 닿고 싶다고 생각하고 있습니다. "무슨 말을 하더라도 닳아가는 사람만은/ 사랑하리라"고, "너의 질병을/ 만져 보리라"고, 그렇게 타인과 만나고 소통하는 삶을 꿈꾸죠. 그건 작가가 빈 공책을 통해 가장 하고 싶은 일일 것입니다. 내 말을 다듬고, 그리하여 당신에게 가닿겠다고, 당신을 사랑하겠다고, 그렇게 빈 공책을 더럽히며 애쓰는 일이 바로 글쓰기죠.

하지만 시는 그 글쓰기의 염원이 제대로 이뤄지지 않는다는 것도 보여줍니다. 마지막 문장, "마음이 납작해진다/ 내가 주려던 건 이게 아니다"라는 문장은 결국 우리의 말이 타인에게 제대로 도달하기가 얼마나 어려운지 보여주는 거죠.

이처럼 수많은 공책은 처음의 뜻을 제대로 이루지 못한 채로, 무겁고 더러운 말들이 잔뜩 묻은 것이 되어버립니다. 하지만 저는 그것이 아쉬운 일이더라도 슬픈 일이라고 말하고 싶지는 않습니다. 내가 주고 싶었던 말이 설령 공책에 쓰인 것과 다르다 하더라도 여전히 공책은 남고, 거기에는 어떤 마음이 남아 있으니까요. 그리고 우리는 또다시 용기를 내서, 새로운 공책을 사는 거죠. 그렇게 공책은 쌓여가고, 그렇게 쌓인 공책이 우리 자신의 작은 역사가 되기도 할 겁니다.

출구는 이쪽입니다

김
선
오

그림 앞에서는 오래 서 있지 못했다 옆에 선 너를 재
촉했다 넘어가자 넘어가자

정물화의 뒷면은 정물입니다 몇 걸음 걸으면 다른 풍
경 앞에 설 수 있었다 다음 그림으로 가자 또 다음 그림으
로 액자 말고 문이 튀어나올 때까지 사람이 튀어나올 때
까지

오른쪽으로 걸으면
오른쪽이 계속되는 전시가

뒤돌아선 너의 어깨를 돌려 세우면 얼굴이 있어야 할
자리에 뒤통수가 있고 뒤통수가 연쇄되고 뒤통수는 벌어
지고 벌어진 뒤통수 안에 고여 있는 숲

나는 너를 산책 시키는 중이었어, 방향이 너를 해치
지 않게 하는 중이었어

하지만 우리는 군중 속에서 공간의 일부가 되어가고
있었다

얼굴을 보지 않고
함께 걷는 일이 가능하다면

너의 오른쪽을 보며 왼쪽도 똑같이 생겼을 거라고 믿
었다

다음 그림의 앞으로 걸어가면서
너를 나의 왼쪽에 남겨둘 수 있었지만

너는 너의 뒤통수 안으로 들어오라고 했다
그곳은 아주 아름답다고

텅 빈 벽 앞에서 눈을 감았다
나의 바깥이 나를 넘나들었다

❧ 《나이트 사커》, 아침달, 2020.

전시회의
긴 줄을 따라

미술관에 가는 걸 좋아합니다. 자주 가지는 못하지만, 좋은 전시가 있다고 하면 가능한 한 챙기려고 애를 씁니다. 전시회는 그 시기를 놓치면 몇 년을 기다려야 할지 알 수 없어서, 놓치고 두고두고 후회하길 여러 번이거든요. 그런 후회를 다시 하지 않으려면, 역시 어떻게든 시간을 내려고 노력해야겠죠.

다들 같은 생각을 하는 모양인지, 인기 많은 대형 전시회의 경우에는 기나긴 줄을 서야 합니다. 블록버스터 전시회라는 말까지 붙을 정도로 유명한 작가에, 대규모 전시회의 경우에는 10만 명이 넘는 사람들이 오기도 한다니까요. 저도 몇 번인가 그런 전시회에 가본 적이 있었는데요. 전시 구성 자체야 좋은 작가의 좋은 작품을 모아두었을 테니, 대체로 좋았습니다만 아쉬운 점도 있었습니다. 무엇보다 사람이 너무 많아서 작품을 본다기보다는 줄을 따라 걸어간다는 느낌이 더 강했거든요.

사람이 많은 관광지에 갈 때도 비슷한 경험을 종종 하죠. 하염없이 긴 줄에 서서 사람들을 따라 계속 걷다가 어딘가에 멈춰서서 많은 사람이 함께 무엇인가를 보면서 감탄하고, 일행과 함께 저거 봐, 대단해, 이런 말을 나누다가 또다시 긴 줄을 따라 걸어가는 겁니다. 어쩌면 이런 어마어마한 인파와 그 인파에 대한 사람들의 감탄까지가 현대의 예술이라고 할 수 있겠습니다.

전시 공간에 사람이 너무 많으면 작품이 주는 감흥은 약해질 수밖에 없으니 아쉬운 일입니다. 하지만 이렇게 많은 사람과 함께 같은 공간에서 같은 작품을 보면서 같은 생각을, 때로는 다른 생각을 떠올리는 일에는 분명 그 순간만의 정취가 있지 않나 싶기도 합니다. 줄을 따라 걷는 불편함까지도 그 전시의 특별함을 더해주는 요소로 볼 수 있을 거예요. 전시회에서 얻는 감흥이란 작품이 주는 감흥뿐 아니라, 그곳에 함께하는 수많은 사람에게 얻는 것도 있다는 겁니다.

저는 혼자보다 친구나 연인과 함께 가는 전시회를 더 좋아합니다. 전시라는 것은 작품을 저 혼자 소장하고 즐기는 일이 아니라, 여러 사람과 함께 나누는 일이잖아요. 작품 자체를 오래 살피려면 혼자서 긴 시간을 들이는 것이 가장 좋겠지만, 좋은 사람과 함께할 때는 분명 또 다른 기억이 생겨납니다.

김선오 시인의 시는 전시회에 누군가와 함께 가던 날의

모습을 그리고 있습니다. 그림 앞에는 오래 서 있지 못하고 다음으로 자꾸 넘어갈 수밖에 없는, 그런 사람이 아주 많은 전시회의 모습입니다. 이렇게도 말할 수 있을 거예요. 모든 것이 전시되어 있는데, 좀처럼 아무것도 제대로 볼 수 없는 전시라고요. 사람이 너무 많은 전시회의 어려운 점이기도 하죠.

이 시에서 볼 수 없는 것은 전시된 작품만이 아닙니다. 뒤돌아선 너의 얼굴도 제대로 볼 수가 없다고 시는 말하죠. 시는 도입부터 "정물화의 뒷면은 정물"이라고 말합니다. 아무리 해도 너의 뒤통수밖에 보이지 않는 이상한 전시 풍경을 미리 제시하는 겁니다.

어째서일까요? 함께 있는데, 왜 '너'는 이렇게 보이지 않는 걸까요? 물론 전시회가 너무 정신이 없기 때문이죠. 정신 없이 밀려서 아무것도 제대로 보지 못하고 자꾸 어딘가로 가야만 하는 상황이니, 너의 얼굴 또한 놓쳐버리게 되는 겁니다. 하지만 그 이유만은 아닐 겁니다. 오히려 이 시는 그 전제를 거꾸로 생각하는 편이 좋을지도 모르겠어요.

너와 함께하지만 너를 제대로 볼 수 없기 때문에, 모든 것이 전시되어 있지만 아무것도 보이지 않는 전시회라는 공간을 시의 공간으로 선택한 거라고요. 사실 사람이 너무 많아서 전시품을 제대로 볼 수 없는 전시회라는 건 참 아이러니한 구석이 있습니다. 전시회는 여러 사람이 작품을 보게 하려고 열리는 거잖아요. 관계도 그렇습니다. 당신과 가까이 있고 싶어서, 당신을 이해하고 싶어서 당신과 함께하지만, 함께 하려 애를 쓸수록 우리는 타자를 이해할 수 없다는 사실에 도달하고야 맙니다. 시의 화자가 너와 나란히 걸으면서 너의 오른쪽을 보지만, 너의 왼쪽은 그저 상상할 수밖에 없는 것처럼요. 함께하고 있더라도 모든 것을 결코 이해할 수는 없다는 거죠.

하지만 이 시의 멋진 점은 그런 상황에 대해 안타까움이나 고통 같은 것을 드러내지는 않는다는 데 있습니다. 오히려 그것까지 포함해서 너를 사랑한다고 말합니다. 시의 마지막은 이렇게 씁니다. "너는 너의 뒤통수 안으로 들어오라고 했다/ 그곳은 아주 아름답다고". 볼 수 없어서 발견되는 아름다움이 있으니까요. 이해할 수 없어서 더욱 깊어지는 사랑도 있으니까요. 내가 볼 수 있는 건 너의 뒤통수일 따름이지만, 그렇기에 나는 그 뒷면을 통해 너에게 더욱 깊게 들어갈 수 있을 겁니다. 이 시는 이러한 발견 속에서 결국에는 '나'라는 것의 전모조차 해체하는 방식으로, 보다 더 아름다운 방식으로 '나'를 확장시킵니다. "나의 바깥이 나를 넘나들었다"고 말하면서요.

전시회에 가든, 영화를 보든, 혹은 누군가를 만나든 우리는 모든 걸 다 속속들이 알려고 애쓰곤 합니다. 하지만 꼭 그런 것만이 제대로 보는 것이라고 할 수는 없을 거예요. 누락되고, 잘못 보고, 어딘가 빠뜨리고, 불완전하게 이해하고…… 그런 것들도 사실은 훌륭한 이해와 감상 방식이라는 거죠. 사랑은 어쩌면 이해가 아닌지도 모릅니다. 오해와 착각, 누락과 맹목, 그런 것이 사랑의 얼굴에 더욱 가까운 것인지도요.

빨랫대를 보고 말했지

최현우

버려야 할 것을 왜 걸어놨냐고
지금은 구멍난 팬티가 널린 시간

몸은 하루에 십만 개의 세포가 죽는다
저 팬티는 삼 년 동안 낡은 육체
실밥이 분열을 거듭하는 동안
허리둘레에 대한 기억을 끝없이 지우는 동안
어떤 헤어짐은 끝내 남아 성장해버린 팬티

너는 말했지
빨래는 햇빛에 닳아버린 몸
침대 속에서 서로의 늘어난 부분을 감싸안는다고
사과를 서툴게 깎듯 군데군데 옷을 떨어뜨리고
거리의 불빛 배어 누렇게 멍든 살을 씻어내면
가장 편한 육체이고 싶은 너의 습관

팬티는 너보다 크게 늘어났다가
숨 조이지 않을 만큼 줄어드는 탄력을 배운 것

그러니 구멍도 무늬가 된다
이만큼이나 편한 팬티는 없다
입었다 벗고 다시 입고 벗었으므로
두 몸은 떨어져 있어도 한 몸의 시간을 살고 있다고
색 바랜 팬티를 입으며 웃는 너
너의 늑골이 빨랫대를 닮았다는 생각

❧ 《사람은 왜 만질 수 없는 날씨를 살게 되나요》, 문학동네, 2020.

해지고 닳은 것들
사이에서

———

저는 물건을 잘 잃어버리지만, 잘 버리지는 못합니다. 특히 의류나 신발 등은 아예 못 쓸 정도가 되지 않고는 버리지 않습니다. 그 탓에 신발은 밑창이 다 닳아서 없어지거나, 발가락 쪽에 구멍이 난 채 신고 다닐 때도 있고요. 여기저기 닳고 해진 바지를 입고 다니기도 합니다. 요즘도 엉덩이가 다 해진 바지를 수선해 계속 입고 지내고요. 중학교 때 샀던 옷을 대학생 때까지도 계속 입었습니다.

유행은 돌고 돌아서, 어떤 옷들은 십몇 년이 지나면 외출할 때 입어도 별로 문제가 없더라고요. 몇 년 전에는 중학생 때 동네 형에게 물려받은 외투를 입고 대학에 강의를 나갔는데, 학생이 저에게 SNS로 오늘 입고 온 옷은 어디에서 산 거냐고 물어보기도 했습니다 안타깝게도 이제는 어디서도 살 수 없는 옷이 되었지만요.

딱히 제가 물건을 아껴 쓴다거나 해서 그런 것은 아닙니다. 어머니의 절약 정신을 물려받았다거나 하는 것도 아니고요. 그저 편하기 때문입니다. 오래 몸에 닿았던 물건들이 주는 편안함이 있잖아요. 긴 세월을 함께 보낸 것들이 주는 안정감은 대체할 방법이 없으니, 오래된 옷들을 계속 입을 수밖에요.

물건만 그런 것도 아닙니다. 삶의 방식도 그렇습니다. 나이를 먹고 어른이 되어갈수록 익숙한 삶의 방식을 고수하려하고, 오래도록 알아 와서 편한 사람들하고만 어울리게 되는 것 같습니다. 삶이 이토록 팍팍하고 힘든데 나에게 안정감을 주는 것들로 내 주변을 채우는 건 당연한 일이겠죠.

하지만 시인으로서 시도 삶도 항상 낯설고 새로운 것을 향해 움직여야 할 터인데, 편하고 익숙한 것에 둘러싸인 삶에서 과연 새로운 것을 찾아낼 예리한 감각을 계속 유지할 수 있는 것일까, 하는 고민도 있습니다.

한편으론 이런 생각도 들지요. 예술을 하겠답시고 평생을 계속 날카롭고 날 선 감각으로, 익숙한 것들을 거절하며 사는 삶은 정말 좋은 삶일까. 좋은 삶과 좋은 예술은 양립할 수 있는 것일까. 생각은 꼬리에 꼬리를 물고 이어집니다. 결코 답을 내릴 수 없는 문제지요.

최현우 시인의 시는 이런 삶에 대한 생각을 지혜롭고 현명하게 그려냅니다. 시의 화자는 시 속 '너'에게 이렇게 말하죠. 왜 버려야 할 것을 빨랫대에 걸어놨느냐고요. 아마 구멍 난 속옷을 보여줘도 무방할 정도로 편한 사이인 모양입니다.

그리고 시는 그렇게 가깝고 내밀한 사람의 속옷을 보면서, 그 구멍 난 속옷에 깃든 시간을 읽어냅니다. 속옷은 몸에 가장 가깝게 달라붙는 물건이고, 그래서 몸의 시간을 가장 밀접하게 담아내게 마련이니까요. 실밥이 나오고, 해지고, 낡아가면서 속옷은 몸에 맞춰 늘어나게 되고, 또 그렇게 몸을 기억하게 됩니다. '너'는 이렇게 능청스럽게 말하기도 하죠. 구멍도 무늬가 되는 것이고, 구멍이 날 정도로 오래된 속옷은 오래도록 나와 붙었다가 떨어진 것이므로, 이미 한 몸과 같은 것이라고요.

저는 이 시가 품고 있는 넉넉하면서도 묘한 애수 어린 태도가 감탄스럽습니다. 살다 보면 우리의 몸과 마음은 훼손될 수밖에 없는데요. 그 훼손이 이 시에서 그려지는 속옷에 난 구멍이라고 한다면, 훼손된 자신을 친구에게 편하게 드러내 보이는 것도, 또 그것을 자기 삶의 무늬라고 말하는 것도 굉장한 일이거든요.

옷의 구멍도 내 무늬라고 말하는 저 능청스러움과 당당함이 이 시를 아름답게 합니다. 새롭고 날 선 것만이 아름다움의 길은 아니라는 거지요. 저에게 낡은 옷의 편안함과 아름다움은 함께 놓이기 어려운 것인데, 이 시에서는 참 당연하고 자연스러워 보입니다. 그 자연스러움이 되레 생경하여 아름다움에 도달하는 것이지요.

낯선 것도 익숙한 것도, 긴장도 이완도 결국에는 모두

상대적인 것이지요. 낯선 것들 사이에서도 우리는 얼마든 지루해질 수 있고, 수십 년간 알아온 편안한 것들에서도 생경한 것을 찾아낼 수 있다는 말입니다. 이 시가 구멍 난 속옷에서 아름다움을 찾아낸 것은 그 순간을 함께할 사람이 있기 때문일 거예요. 결국 우리 삶을 새롭게 하는 것도, 안온하게 하는 것도 다른 사람을 제대로 마주할 때 가능하다는 말이겠지요.

불가능한 질문

양
안
다

우리가 달걀 모양의 어항에 산다면
그런 열대어라면
서로의 영역을 침범하지 않을 수 있을까
열대어들은 자신의 이름조차 잊은 듯 보이는데
우리가 달걀 모양의 어항에 든 열대어라면
서로가 서로인지 모른 채
그렇게 영역을 잊었다면
너는 나를, 나는 너를 어디까지 잊은 채
계속 밀어내려 하게 될까
누가 이 먹이를 주는지 왜 궁금해하지 않는 걸까
우리가 달걀 모양의 어항에 산다면
그래서 우리, 언젠가 수면 위에서 하얗게 뒤집어진다면
우리를 건져내는 손의 주인은 너
혹은 나, 누구인지 알지 못한 채
어느 화원에 묻혀 어느 꽃으로 피어나게 될까
우리는 또 얼마나 많은 꽃잎을 서로에게 던지고
서로를 침범하려 할까
그때 꽃을 꺾는 손은 누구일까

❖ 《작은 미래의 책》, 현대문학, 2022.

세상은 넓고
할 일은 많다던데

———

　세상은 넓지만 우리에게 주어진 세계는 좁습니다. 우리가 일상에서 경험하는 세상은 제한적일 수밖에 없으니까요. 그래서 여행을 많이 가봐야 한다고 하죠. 일상을 벗어나 낯선 것을 경험해야 세계가 넓다는 것을 알 수 있으니까요. 제가 살면서 후회하는 것 중 하나는 이십대 시절에 해외여행을 가보지 않은 것입니다. 사실 그때는 해외여행을 갈 여유가 없긴 했어요. 어머니가 가끔 보내주시는 약간의 용돈과 아르바이트로 자취 생활을 꾸려나갔으니 돈을 모아서 해외로 나간다는 발상은 불가능했고, 집에서 여행비를 지원받는 선택지도 생각해본 적 없었어요. 그저 나중에 생활이 안정되면 이런저런 나라에 가봐야지, 그렇게 생각할 뿐이었습니다. 그런데 막상 삼십대가 되고 짧은 해외여행 정도는 못 갈 것 없는 어른이 되고 보니 이제는 여행 떠날 시간을 내기가 불가능한 처지인 거예요.

　꼭 해외에 나가야만 하는 것은 물론 아니지만, 어떤 일들은 적절한 시기가 있잖아요. 짧지 않은 시간을 마련해야 하는 해외여행은 사실 젊은 날에 하는 것이 적절하다는 생각입니다. 때로는 아쉬움을 느끼기도 해요. 사람은 경험한 만큼 커진다고 하잖아요. 경험이 다양하고 깊을수록 상황을 이해하고 대처하는 폭도 더 넓어지게 되죠.

때로는 저의 마음이 작고 옹졸한 것이 다른 삶을 경험해본 일이 너무 적었던 탓은 아닌가 생각합니다. 이십대 초반에 등단하여 시인으로 십수 년을 살아왔고, 한국의 수도권을 벗어나 살아본 적이 없으며, 삶의 궤적이 크게 바뀌거나 변하지도 않았습니다. 제가 알고 있는 세계는 너무나 좁고 작습니다. 물론 이건 국경을 몇 번 넘는 일 정도로 달라지지 않을 겁니다.

사실 한 명의 사람이 닿을 수 있는 세계란 그렇게 크지 않습니다. 100년 전 사람과 비교한다면, 우리는 지금 어마어마하게 많은 직간접적인 경험을 할 수 있습니다. 그런데도 우리가 아는 세계는 너무도 좁고 작다는 것이 놀라울 따름입니다. 우리가 문학을 비롯하여 타인의 목소리에 열심히 귀를 기울여야 하는 것도 그런 까닭입니다. 내가 닿을 수 있는 세계는 너무나 작으니까, 타인의 경험에 적극적으로 귀를 기울이고 손을 내미는 것입니다.

양안다 시인의 시 〈불가능한 질문〉은 작은 세계를 이야기하고 있습니다. 그리고 그 작은 세계에서 복작대며 존재하는 두 사람에 대한 이야기이기도 합니다. 이 시에서 세계와 우리는 작은 어항 속의 열대어 두 마리로까지 축소되죠. 시의 화자는 이렇게 자문합니다. "우리가 달걀 모양의 어항에 산다면/ 그런 열대어라면/ 서로의 영역을 침범하지 않을 수 있을까"라고요.

서로의 영역을 침범하는 두 사람의 이야기라고 할 수 있을 겁니다. 두 사람의 관계는 이미 끝난 것처럼 보이죠. 이 가정하는 말하기에서 어쩐지 돌이킬 수 없는 시간을 의식하고 있는 게 느껴집니다. 그러니까 시는 이렇게 묻고 있는 겁니다. 우리가 만약 열대어라면, 세계가 좁은 것도 모르고, 영역이라는 것도 모르고, 우리가 우리 자신이라는 것도 모르고, 서로를 알아보지도 못하는 그런 열대어였다면…… 우리는 과연 어땠을까, 라고요. 시가 그 내막을 분명하게 밝히지는 않지만, 저에게 이 이야기는 헤어진 두 사람의 이야기로, 서로 한없이 가까웠지만, 그렇기에 헤어질 수밖에 없었던 사람들의 이야기로 읽힙니다.

이 시에는 복잡한 마음이 담겨 있어요. 서로를 침범하는 일이 서로를 해치는 일이라는 걸 알고, 그래서 오히려 이 세계의 작음을 모르는 열대어가 되기를 바라지만, 한편으로는 시의 공간을 아주 작은 어항으로 한정 짓기도 하잖아요. 결국 떨어지고 싶지 않다는 마음이 반영된 것입니다. 동시에 이토록 작은 세계 속에서, 너만을 생각하고 있는 자신의 작음에 대한 의식을 담고 있기도 하죠. 그래서 이 작은 세계가 무엇인지, 이 세계를 유지하는 이는 누구인지, 먹이를 주는 손은 누구의 것인지 알지 못하고 있음을 조금은 부끄럽게, 조금은 자책하듯이 고백하는 겁니다. 그래서 이 모든 질문에 '불가능한 질문'이라는 제목을 붙여둔 것이겠죠.

저는 이 시에서 그리는 자기 인식에 저 자신을 비춰보기도 했습니다. 이 좁고 작은 세계는 제가 그토록 작은 인간이라는 사실에서 비롯되는 것이니까요. 어떻게 하면 세계는 넓어질 수 있을까요. 여행을 많이 가면 될까요? 그렇게 간단한 문제는 결코 아닐 겁니다. 여러분의 세계는 어떠한지 모르겠습니다. 나 자신의 세계가 너무나 비좁다고 느껴질 때 어떻게 하시나요. 한 사람의 세계가 충분히 넓다고 말하려면 그건 어느 정도의 넓이여야 할까요. 답하기 어려운 질문일 수도 있지만, 꼭 모든 일에 정답이 있어야 할 필요는 없을 것입니다. 양안다 시인의 시처럼 불가능한 질문이면서 동시에 대답이 불가능한 질문이 우리 삶에는 넘쳐나니까요.

강아지를 찾습니다

이
다
희

강아지를 찾는다는 전단지를 보면 마음이 아파. 사진 속 강아지는 주인을 잃어버리기 전이라 찾아야 하는 강아지와 다른 것 같아. 집이 아닌 곳에 있는 강아지를 주인은 쉽게 상상할 수 없었을 거야.

주인은 강아지를 잃어버려도 주인이지. 하지만 강아지를 잃어버린 주인이지. 뺏긴 것 같은데 누구도 뺏은 적 없는 사람이지. 살면서 이렇게 바닥을 뒤져보기는 처음인데. 강아지는 보이지 않아.

바닥에는 죽은 새가 있네. 이렇게 죽은 새는 처음 보네. 잃어버린 물건을 찾듯이 위를 쳐다보면 투명한 벽이 있고, 투명한 벽에는 날개를 펴 날아가는 검은 새 스티커가 붙어 있어. 검은 새가 실패한 것 같았어. 그게 꼭 전단지가 실패할 거란 얘기 같아서 주인은 주저앉아버렸어.

후드티를 뒤집어쓰고 나이키 운동화를 고쳐 신고 주인은 새벽에 집을 나왔어. 어떤 색을 고를까 하다가 파란

색으로 결정했지. 파란색 유성 매직을 손에 꼭 쥐고, 가장 밑에 있던 문장의 띄어쓰기 사이에 중요한 단어를 덧댔어.

사례금을 지급하겠습니다. 사례금을 충분히 지급하겠습니다.

중요한 퇴고를 끝마치고 한 걸음 물러서서 바라봤지. 새벽이 다 지나기 전에 모든 퇴고를 끝낼 결심으로 주인이 뛰어가기 시작했어.

❧ 《시 창작 스터디》, 문학동네, 2020.

잃어버린
모든 것을 찾아서

———

저는 물건을 자주 잃어버립니다. 이상한 일입니다. 물건을 아주 아끼는 편은 아니지만, 그렇다고 해서 물건을 함부로 다루는 것도 아니거든요. 그런데도 항상 두던 곳에 둔 물건이 어딘가로 사라져버리고, 어딘가에 두었는지 똑똑히 기억하고 있던 물건을 다시 꺼내려 찾아보면 도무지 보이질 않아서 하염없이 온 집 안을 들쑤시게 됩니다. 이런 경험은 저만 있던 건 아닐 겁니다. 어째서 물건들은 자기 혼자 사라져버릴까요?

물건을 찾지 못하면 처음에는 당황하고, 이윽고 화가 나죠. 있어야 할 곳에 물건이 없으니 당황하는 것이고, 그런 상황이 도무지 해결되질 않으니 저 자신에게 화가 나는 겁니다. 몇 번인가 지갑을 잃어버린 적이 있는데요. 지갑을 잃어버리면 단지 돈만 잃어버리는 게 아니잖아요. 안에는 신분증이나 카드도 들어있고, 그런 물건들은 잃어버리면 여러모로 문제가 생길 수도 있으니까요. 그토록 중요한 것을 제대로 간수하지 못했다는 데서 오는 자책이 하염없이 이어졌지요. 그러고는 지나간 모든 시간을 후회합니다. 내가 조금만 더 정신을 차렸더라면, 그때 내가 그 물건을 꺼내지 않았더라면, 그때 제대로 확인을 했더라면 등의 생각을 끝없이 이어가지요. 물건을 잃어버린다는 건 그 물건을 둘러싼 여러 시간과 마음까지 함께 잃어버리는 일인 겁니다.

제가 물건만 잃어버리는 것은 아닙니다. 초등학교 저학년 시절, 가족과 함께 어딘지 기억나지도 않는 밤길을 걸었을 때, 문득 주변을 둘러보니 아무도 없다는 것을 깨달았던 순간에는 갑자기 세상이 무너진 것만 같은 기분이었습니다. 내가 가족을 잃어버린 것이기도 했고, 또 가족이 저를 잃어버린 것이기도 했죠. 잃어버린다는 것이 무엇인지 그때 처음으로 알았습니다.

상실이 불러일으키는 절망감이 얼마나 거대한 것인지 어린 저는 그 순간 절감할 수 있었습니다. 그러고는 다급하게 앞에 보이는 사람을 향해 열심히 뛰어갔는데요. 가까이 가서 보니 모르는 아저씨였던지라 이미 무너진 하늘이 재차 무너져버렸지요. 크게 놀라 뒤를 돌아보니 한참 뒤에서 가족이 저를 멀뚱멀뚱 쳐다보고 있었습니다.

상실과 망실이 사람의 마음을 그토록 크게 기울일 수 있기에, 수많은 예술작품이 이별과 그리움에 대해 그토록 이야기하는 것이겠지요. 어디선가 모든 소설의 제목은 '잃어버린 시간을 찾아서'가 될 수 있다는 말을 읽은 적이 있는데요. 마들렌의 향기로 지나간 시간을 떠올리는 것이 프루스트만의 이야기는 아니라는 겁니다.

정말 그렇습니다. 문학은 특히 잃어버린 것과 지나간 것에 대해 잘 말할 수 있는 예술이거든요. 지금 이 순간에 대해 말할 때조차 문학은 그것을 이별과 상실이 예정된 것으로 대하고는 합니다. 김소월의 〈진달래꽃〉을 예로 들 수 있을 거예요. 나보기가 역겨워 가실 때에는 말없이 고이 보내 드리겠다는 그 말은, 사실 아직 오지 않은 이별을 상상하고 있는 거니까요(어쩌면 사랑조차 아직 시작하지 않은 것인지도 모르지요). 그렇게 이별을 미리 상상하는 것은 사랑이 너무 깊어 이별이 두려운 까닭입니다. 문학이 상실에 대해 말하는 것은 잃어버린 것을 되찾고 싶다는 뜻인 겁니다. 말 그대로 '잃어버린 시간을 찾아서'지요.

이다희 시인의 시 〈강아지를 찾습니다〉 또한 상실에 대해 이야기합니다. 시의 화자는 강아지를 찾는 전단지를 보면 가슴이 아프다고 말하고 있습니다. 사진 속에 있는 강아지는 주인과 함께 행복한 시절의 강아지이고, 지금 찾아야만 하는 강아지는 그 행복한 시절로부터 멀어진 강아지니까요.

시는 주인에게로 시점을 옮겨 강아지를 잃어버린 주인의 상황을 그려나가기 시작합니다. 시에서 말하고 있는 것처럼 잃어버린 강아지는 더는 그 시절의 강아지가 아니고 강아지를 잃어버린 주인 또한 그렇습니다. 뺏긴 적 없는데 빼앗긴 사람처럼 보이고 하염없이 바닥을 뒤지며 강아지를 발견하길 바라는 사람이 되고야 맙니다. 하지만 바닥에서 발견되는 것은 죽은 새, 그리고 고개를 들어보면 새가 부딪혀 죽는 것을 막기 위해 새 충돌 방지 스티커를 붙여놓은 투명 벽입니다. 슬픈 실패의 흔적을 보며 주인은 절망하여 주저앉고야 말죠.

하지만 이 시는 그렇게 혼자서 찾아보고 혼자 절망하는 자리에서 끝나지 않습니다. 대신 강아지의 주인은 글을 씁니다. 강아지를 찾습니다, 사례금은 충분히 지급하겠습니다, 라는 글을요. 그리고 강아지를 찾기 위해 자신이 쓴 글을 들고 새벽의 거리를 향해 뛰어가는 장면으로 시는 끝을 맺습니다.

저는 이 시가 문학의 역할에 대해 말하는 시라고 생각했습니다. 앞서 프루스트 이야기를 한 것처럼, 문학은 결국 잃어버린 것을, 결코 찾을 수 없는 것을 되찾기 위한 몸부림이고, 그렇다면 강아지를 찾습니다, 라는 글을 공들여 쓰고, 퇴고하며 그걸 들고 거리로 나가는 일은 문학 그 자체라고 볼 수 있을 거예요.

강아지 전단지는 문학이라고 하기에는 지나치게 사적이고, 또 사소하다고 생각할 수도 있겠지만, 사실 문학이란 사적이고 사소한 일일 뿐입니다. 그 사적인, 그러나 너무나 절박한 개인의 메시지를 거리로, 사회로 들고 뛰어나가는 것이 문학인 셈이죠. 잃어버린 저의 지갑을 문학을 통해 찾을 수는 없겠지만, 지갑을 잃어버리면서 함께 잃어버린 어떤 마음들은 문학을 통해 다시 돌아보고 되찾을 수 있을지도 모르겠습니다. 이 시의 주인은 강아지를 찾았을까요? 그건 알 수 없지만, 부디 찾았기를 진심으로 바랍니다.

2부

우리
자신의

작은
역사

딸기 김춘수

오전 열한 시의 다방에는 아무도 없었다.

칠한 지 얼마 안 된 말끔한 엷은 연둣빛 벽면에 햇발이 부딪쳐 이따금 거기서 은어의 비늘 같은 것이 반짝이곤 하였다. 나는 눈을 가늘게 감아 보았다.

점점점 포실한 가슴 속에 안기어 가는 듯한 그러한 느낌인데, 나의 귓전에는 찌, 찌, 찌…… 무슨 벌레 같은 것이 우는 소리가 선연히 들려왔다.

그것은 정적의 소린지도 몰랐다.

나는 어디 밝은 그늘 밑에서 졸고 있는 듯도 하였다.

내가 눈을 다시 떴을 때, 그때 나는 나의 왼쪽 뺨에 불같이 달은 시선을 느꼈다. 나는 처음에 그것이 꽃인가 하였다.

그것은 딸기였다. 쟁반에 담긴 일군一群의 딸기는 곱게 피어오른 숯불같이 그 벌겋게 달은 체온이 그대로 나에게까지 스며올 듯, 진열장의 유리를 뚫고 그것은 연신 풋풋한 향기를 발하고 있는 것만 같았다. 손님이라고는 나한 사람뿐인 다방의 오전의 해이해진 공기를 그것들이 혼자서만 빨아들이고 토하고 있는 상보였다. 진열장 근처의 공기는 그만큼 긴장해 보였다.

조금 전의 벌레 웃는 것 같은 소리는 어쩌면 그것들이 쉬는 숨소리인지도 모를 일이었다.

나는 딸기를 딸기밭에서 본 일이 있다. 가늘고 키가 작은 줄기에 어울리지 않는 보기 흉한 큰 이파리를 달고, 그 위에 더 무거운 열매가 고개도 들지 못하고 있었다. 뿐 아니라 보오얗게 먼지를 쓰고 있는 양이 몹시 더러워 보였다. 그렇던 것이 어찌 또 그리 싱싱하고 풋풋하였을까?

나는 열심히 딸기를 보았다. 그 솜솜이 얽은 구멍이 구멍마다 숨을 쉬고 있는 듯 쟁반 위의 딸기는 생동하고 있었을 뿐 아니라, 그 근처를 완전히 제압하고 있었다. 온 방안의 공기가 유리 안의 한 개 쟁반 위에 모조리 흡수되었다.

딸기는 그날 누구보다도 비장하였다.

❋ 《김춘수 시전집》, 현대문학, 2004.

나만의
명작

————

김춘수 시인의 대표작은 〈꽃〉이지요. 이 시를 시인이 가장 좋아한 건 아니었답니다. 연애시로 널리 사랑받았지만, 사실 시인 자신은 작품을 연애시로 생각하지 않았거든요. 김춘수 시인이 출연한 TV 인터뷰에서 시인은 〈꽃〉의 인기에 대해 조금은 멀뚱한 반응이었던 걸 본 기억이 있습니다.

예술가들에게는 흔한 일이기도 하죠. 그들에게는 널리 사랑을 받은 작품에 데면데면한 태도를 보이는 버릇이 있거든요. 참 이상한 마음이죠. 하지만 그게 예술가가 예술을 선택한 이유이기도 합니다. 타인에게 이해받고 인정받고 싶지만, 또 너무 많은 사람에게 사랑받는 걸 원치 않는 마음이 있어요. 자신의 작업을 잘 이해해주는 사람들에게 인정받고 싶다는 마음일 테죠. 넓은 소통보다는 깊은 소통을 꿈꾸는 마음이 예술가의 마음일지도 모르겠습니다.

비단 예술가뿐 아니라, 예술을 향유하는 이들 또한 깊고 내밀한 소통을 꿈꿉니다. 왠지 천만 영화는 피하는 사람들이 있고요. 작품 좋기로 정평이 난 감독들의 작품만을 찾아 헤매는 사람도 있습니다. 컬트적인 작품을 발굴하고 기쁜 마음으로 감상하는 유형도 있지요. 이걸 뭐라고 부르면 좋을까요. 힙스터? 좀 철 지난 말 같네요. 예술병? 병이라는 말을 함부로 사용해도 될는지 생각해봐야겠습니다. 어쨌든 사람들에게는 분명 저평가된 걸작, 나만의 명작을 간직하고 싶은 마음이 있다고는 분명히 말할 수 있습니다.

이런 마음이 무엇인지 어렴풋이 압니다. 오래도록 좋아한 인디밴드가 어느새 공중파를 타고 많은 인기를 얻게 되었을 때 느끼는 복잡한 마음 같은 거. 널리 알려진 베스트셀러나 이미 고전이 된 명작보다는 잘 알려지지 않은 작품을 찾아 헤매는 마음 같은 거. 남들은 모르는, 감춰진 아름다움을 나만 알고 있다는 데서 오는 묘한 쾌감 같은 거.

저 역시 대학생 시절에는 알려지지 않은 걸작들을 찾아 헤매는 데 많은 시간을 보냈습니다. 비교적 널리 읽히는 영미권이나 일본, 러시아의 작가를 피하고 동유럽이나 남미의 이름 철자를 알아보기도 어려운 작가들의 책을 일부러 읽고는 했어요. 시네필이 좋아한다는 저주받은 걸작도 열심히 찾아보고요. 그런 시도들이 모두 성공적이었다고는 말할 수 없지만, 그때 경험이 글을 쓸 때 많은 도움을 주기는 했습니다. 저평가된 걸작 중에는 기성의 방식과는 다른, 흥미로운 방법론을 택한 작품들이 많았거든요. 예술가들이 그런 작품 감상하기 좋아하는 것도, 그런 작품 만들기를 원하는 것도, 비슷한 이유에서 비롯된 마음일 거예요. 쉽고 익숙한 것보다는 지금까지 만나본 적 없는 새롭고 놀라운 것을 찾아 움직이는 것이 예술의 역할이니까요.

오늘 읽어드린 김춘수의 〈딸기〉라는 시는 제가 김춘수의 시 중에서도 손꼽히게 좋아하는 시입니다. 저만의 저평가된 걸작 카테고리에 속하는 작품이기도 하고요. 참 귀엽고도 이상한 시인데요. "딸기는 그날 누구보다 비장하였다"는 문장이 그야말로 비장하고, 그런데도 너무 귀여워요. 오래전 작품이지만 저에게 여전히 새롭고 놀라운 시로 읽히기도 합니다. 어떤 사물이 우리의 인식을 넘어서서 홀로 존재하는 순간을 그리고 있으니까요.

오전에 다방에 홀로 앉아 있을 때, 쟁반 위의 딸기가 심상치 않게 느껴지는 순간을 담아낸 작품이라고 할 수 있을 텐데요. 고작 딸기에 불과하지만, 고작 딸기에 불과하기에 그것을 제대로 발견했을 때의 기쁨 또한 클 것입니다. 어쩌면 김춘수 시인도 나만이 알고 있는 어떤 아름다움을 찾아냈다는 그 기쁨을, 딸기를 보며 느꼈을지도 모르겠습니다.

〈꽃〉은 하나의 몸짓에 불과하던 그가 나의 호명으로 나에게로 다가와 꽃이 된다는 내용의 시였죠. 그건 어떤 대상에게 진정으로 다가가고 싶다는, 꽃이라 표현되는 어떤 순수함에 도달하고야 말겠다는 의지를 담은 것이기도 합니다. 그와 연결해보면 〈딸기〉라는 시는 대상을 향하는 태도를 더욱 능숙한 방식으로 보여준다고 할 수 있습니다. 〈꽃〉이 가닿을 수 없는 대상에 대해 직접적인 말하기를 보여준 시였다면, 〈딸기〉는 대상에 손쉽게 접근하거나 발언하는 대신 그것이 심상치 않게 느껴진다고만 말하는 데 그치거든요. 진정으로 대상에 도달하기 위해서는 너무 성급하게 다가가서는 안 되는 법이지요. 그런 점에서 저에게 〈딸기〉는 〈꽃〉보다 조금 더 자유롭게 대상을 마주하게 하는 작품으로 읽힙니다. 여기서는 내가 꽃이 되어 당신에게 의미가 되고 싶노라 말하는 대신, 그저 딸기가 의미심장하게 느껴진다고 말하는데요. 시란 본래 그렇거든요. 의미를 전하기보다는 의미심장하게 존재하기를 더욱 좋아합니다.

그런 이유로 저에게 〈딸기〉는 많은 사람과 나누고 싶은, 저평가된 걸작입니다. 걸작이라는 말이 조금 거창한가요? 그렇다면 좋은 작품이라고 해두어도 좋겠습니다. 좋은 작품이니 많은 분이 이 시를 좋아해주었으면 하는 마음이 있지요. 물론 너무 많은 사람에게 알려지기를 바라지는 않는다는 말 또한 덧붙여두고 싶군요.

세기말을 떠나온 신인류는 종말을
아꼈다

고
선
경

무한궤도 음악을 들으며
읽던 소설책으로 얼굴을 덮었다
아직 한낮이었다

나는 노래도 못하고 악기도 못 다루지만
밴드부에 들고 싶었어

중학생 때 멋지다고 생각했던 것들은
절반쯤 기억나지 않고
또 절반쯤 여전히 멋지다
무한궤도 서태지 패닉

뒤늦은 사랑이라는 말은 말이 되지만
뒤늦은 그리움이라는 말은 말이 안 되지
그리움에는 제철이 없어서

비밀 아지트 다락방 타임캡슐
그런 걸 떠올릴 때

숨 참는 표정이 된다

담배를 피우러 나갔다가
흰 개를 데리고 폐지 줍는 노인을 봤어
개가 한쪽 다리를 절룩거리더라
노인의 푹 눌러쓴 모자는 작고 노란
꽃무늬

미지의 세계로 출발할 준비를 끝낸 것처럼
목줄을 놓고 모자를 날려보내는
그 소녀를 나는 그리워하지

　소설책을 양탄자처럼 펼치고 이리 와 옆에 누워봐 페
이지와 페이지 사이로 바람이 통과한다 메아리 섞인 음악
소리가 점점 커진다 천장에는 흰 개의 빛나는 치아 같은
별들

　부드러운 어둠 속에 손을 넣으면

언젠가 묻어놓고 깜빡 잊은 타임캡슐이 잡힌다

실은 사라지고 싶었던 거지?
비를 맞은 천사처럼*

조금만 쉬었다 가
좋아하는 노래 틀어줄게
눈 감고 듣다가 가

무엇을 찾으려 했더라 궁금해할수록
다락방의 어둠은 깊고 거대해진다

눈을 뜨면 절반쯤 기억나지 않는 꿈
또 절반쯤은 여전히 기다려지지

나는 붓질도 못하고 색채도 모르지만
화가가 되고 싶었어
그리움을 모르는 소녀가 되고 싶었어

새로운 세기를 부축하던 바람이 낡아가고
빗방울에도 녹이 슨다

깨진 창문에 덧댄 테이프의 꽃무늬
너머로 세워지는 계획도시

없는 것 같아서
있는 것 같아서

무엇이든 절반쯤은 미지

미지가 나를 떠나려고 하네

*　무한궤도의 앨범 '우리 앞의 생이 끝나갈 때'(1989)에
수록된 곡의 제목.

❧ 《샤워젤과 소다수》, 문학동네, 2023.

지난 음악을
듣다가

사람은 젊은 시절 들었던 음악을 죽을 때까지 듣는다
는 이야기가 있습니다. 생각해보니 정말 그렇습니다. 저도 이
런저런 요즘 음악을 듣다가도 결국 십대와 이십대를 보내며
들었던 음악을 다시 듣게 되거든요. TV를 틀면 트로트만이
흘러나온다고 투덜대는 말들이 종종 들려오기도 하지만, 그
게 문제가 되진 않을 겁니다. 이제 TV의 주 시청자는 장년층
과 노년층이고, 그 세대는 젊을 적 트로트를 듣던 세대니까
요. 일본에서는 장년층이 록 음악의 주 소비층이라는 이야기
를 어디선가 들었는데요. 그 또한 당연한 일일 겁니다. 사람
은 자신의 어린 시절에 얼마간은 자신을 남겨둘 수밖에 없으
니까요.

재미있다는 생각이 들다가도, 조금 더 곱씹어보면 조금
은 쓸쓸해지는 이야깁니다. 시간은 흐르고 세상은 변하는데,
시간은 날 두고 어디론가 가버리고, 어느 옛날 좋아하던 것
들이 나와 남겨져 있을 뿐이라는 이야기이기도 할 테니까요.

수년째 레트로가 유행하는 것도 같은 맥락에서 이해할 수 있습니다. 단순히 옛것이 좋았다는 것이 아니라 나에게 익숙했던, 내가 좋다고 생각했던 그것이 돌아오길 바라는 마음이 거기에 반영되어 있죠. 옛것에 대한 향수는 단순히 음악에만 그치지 않습니다. 옛날에는 이웃 간에 정이 있었다는 둥, 가난했지만 사람 사는 맛이 있는 사회였다는 둥…… 그런 이야기를 우리는 종종 꺼내기도 하죠.

이렇게 세상이 날 자꾸 두고 떠나가는 거라면 내가 남겨진 곳은 어디일까요? 우리는 어떤 세상에 사는 것일까요? 철학자 지그문트 바우만은 '레트로토피아'라는 개념을 제시하기도 했습니다. '유토피아'가 오지 않은 미래를 가리키는 것이라면, '레트로토피아'란 낭만화된 낙원으로서의 과거를 가리키는 말입니다. 우리는 이제 과거를 그리워하는 시대를 살아가는 것이라 그는 진단한 거죠.

우리가 과거를 그리워하게 된 것은 어려운 삶 속에서 더 나은 미래를 상상할 힘을 잃어버렸기 때문입니다. 여러 심란한 뉴스를 통해 알 수 있는, 보수화되는 세계의 흐름 또한 같은 맥락에서 이해할 수 있을 거예요. 좋은 내일을 상상할 수 없으니, 그 대신 좋았던 과거를 떠올리려고 하는 거죠. 사실 그 과거란 게 마냥 좋은 것만도 아니었지만, 돌아갈 수 없기에 더욱 좋은 것처럼 느끼는 겁니다. 그러니 레트로 유행이 품고 있는 향수란, 실재했던 시간이라기보다는 닿을 수 없는 낭만화된 환상이라는 이야깁니다.

여기서 한 가지 흥미로운 것은 오늘날 소비되는 레트로 이미지 가운데 'Y2K'의 분위기가 있다는 점인데요. Y2K라는 말이 대변하는 세기말의 정서에는 점차 불투명하게 느껴지기 시작한 미래에 대한 공포가 깔려 있습니다. 갑자기 세상이 망할지도 모른다는 불안, 우리가 쌓아 올린 문명이 우리를 공격할 수도 있으리라는 두려움이 Y2K와 세기말의 근간이죠. 레트로 유행에서는 비교적 주변부에 놓인 이미지이지만, 좋았던 옛것으로서의 레트로 유행의 한 갈래에 Y2K가 있다는 것이 참 아이러니하죠. 미래를 불투명한 것으로서 인식했다 하더라도, 그래도 20세기적인 낭만이 그 안에는 어딘가 깃들어 있다는 뜻일 겁니다.

고선경 시인의 시 〈세기말을 떠나온 신인류는 종말을 아꼈다〉는 이런 세계에 대한 감각이 흥미롭게 반영되어 있습니다. 이 시의 화자는 옛것을 제법 좋아하는 멋쟁이인 모양입니다. 무한궤도와 서태지, 패닉 그리고 학교 밴드부 등은 모두 특정한 인물상을 만들어냅니다. 교실 한구석에서 조용히 이어폰을 끼고 창밖을 보고 있을 것만 같은, 다른 이들과 좀처럼 어울리지 못한 채로 세기말을 살아가던 고독한 청소년의 그림이 떠오르죠. 이 청소년이 어느새 어른이 되어버리고 나서의 어느 날을 이 시는 그립니다.

이 시의 주된 정조는 무료함과 무력함입니다. 어릴 적 바람은 이루어지지 않았지만, 그때 좋았다고 느꼈던 것은 아련함과 더불어 여전히 좋은 느낌으로 남아 있습니다. 이 시의 '나'는 내가 예전에 좋아하던 음악을 들으며 상념에 그리움을 느끼는데요. 여기서 그리운 것은 물론 좋았다고 여겨지던 어린 시절일 테고, 엄밀히 따지면 그 시절 자체라기보다는 밴드부가 될 수도 있었던, 가능성이 있던 과거일 겁니다. 그렇다면 이 시의 화자는 지금 스스로에게 어떤 가능성이 없노라 느끼고 있다고도 할 수 있겠지요.

꽃무늬 모자를 쓰고 폐지를 줍는 노인을 보면서도, 미지의 세계를 향해 날아갈 준비를 하던 소녀의 모습을 떠올리는 것은 사실 이 시의 화자가 자신을 저 노인과도 같은 존재라 여기고 있기 때문일 겁니다. 여전히 청춘이면서도 미래에 대해 비관적인 이 시의 화자는 오늘날 청년 세대의 모습 그 자체이기도 합니다.

하지만 이 시의 화자는 쉽게 절망에 빠지지는 않습니다. 과거로 돌아가고 싶다고 생각하지도 않죠. 예전이 더 좋았다거나 미래가 어두울 것이라고 말하지도 않습니다. 대신 이 시는 여전히 알 수 없는 내일에 대해 말하고 있지요. "다락방의 어둠"은 깊고 거대하지만, 꿈에서 깨어나고 보면 설령 절반은 기억나지도 않아 이제 다 잃어버렸노라 말하면서도 "또 절반쯤은 여전히 기다려지지"라고 고백하고요. "조금만 쉬었다가"라면서, 세상에서 사라지고 싶은 그 마음을 잘 알고 있지만 그러지 말라고, 잠깐만 이곳에서 쉬었다가 다시 살아가자고 말을 건네죠.

　이건 제가 고선경 시인의 시를 좋아하는 이유이기도 합니다. 나은 미래를 그리기란 변함없이 어려울 따름이지만, 그럼에도 삶을 선택하기로 하는 것, 그래도 미래는 여전히 미지라는 사실에 기대보기로 하는 것, 그 곡진한 삶의 긍정이 고선경 시인의 시에는 있거든요. 저에게 고선경 시인의 시는 쓴웃음을 지으면서도 계속해보자고 우리에게 말 걸어주는 것만 같습니다.

　좋았던 날을 그릴 수는 있겠지요. 좋아하던 노래를 들으며 좋은 시간을 떠올려볼 수도 있을 겁니다. 하지만 그럼에도 우리에게 내일이 있다고 믿는 것, 그 내일을 향해 가자고 도닥이는 것, 그러니 잠시 이곳에서 함께 쉬었다 가자고 다정하게 말 거는 것…… 그 모든 일들이 시의 일이라고 할 수 있을 겁니다.

영화관

김
상
혁

아내가 도착하지 않았는데 영화가 시작되었다
그녀가 도착하지 않았는데 영화가 너무 좋아서
나는 그 이야기에 빠져버리고 말았다
여주인공이 산골 마을로 들어설 때
죄송합니다, 좀 지나갈게요,
아내가 어두운 극장으로 들어오며 자리를 찾는다
지나간 이야기를 설명해주어야 할는지?
하지만 아내는 충분히 알겠다는 듯이 집중하고 있다
그녀가 도착한 뒤에 영화는 더 좋아져서
우리는 그 이야기에 금세 빠져버리고 말았다
주인공이 마차에 숨어 마을을 빠져나갈 때
죄송합니다, 좀 나갈게요,
나는 어두운 극장을 나가 담배를 피우기로 했다
아내는 일어서는 나를 만류하였다가
영화가 끝나지 않아서, 영화가 점점 더 좋아져서
그대로 앉은 채 이야기에 다시 빠져버리고 말았다
나는 밖에서 그녀의 영화가 끝나기를 기다린다
여주인공이 마지막엔 꼭 잘되었으면

여자를 괴롭힌 마을도 다 불타버렸으면 좋겠다
어쨌든 지금은 너무 길고 좋은
그 이야기가 그녀를 언제 놓아줄지 생각하는 것이다
나도 아내만큼 이야기에 빠져 있지만
사람들은 햇빛 속에서도 얼마든지 불행해 보이고
이야기를 몰라도 이야기처럼 산다
뒤늦게 극장을 나올 그녀에게 들어야 할는지?
그래서 이야기 속 여자가 영원히 행복해졌다면
우리에게 다시 극장을 찾게 하는 힘은 무엇이겠는지

✤ 《다만 이야기가 남았네》, 문학동네, 2016.

영화의 결말을
생각하며

그 후로 오랫동안 행복하게 살았습니다. 그렇게 끝나는 이야기를 못 본 지 한참 된 것 같습니다. 다들 그런 일은 일어나지 않는다는 것을 너무나 잘 알고 있으니까, 우리의 삶과 우리의 미래는 그런 식으로 고정될 수 있는 것이 아니니까, '행복한 미래'라는 것을 그런 식으로 결정하는 걸 다들 어렵게 생각하는 것 같아요. 별의별 일로 우리의 삶은 송두리째 바뀌기도 합니다. 그걸 예술가라고 해서 미리 알아낼 리 만무하죠. 그러니 어떤 시인이 행복한 미래라는 말을 단언할 수 있겠어요.

한편으로는 행복한 미래로 고정된 세계가 있다면 그도 참 답답한 일입니다. 어차피 행복함으로 귀결될 삶에서 우리가 진정 행복을 느낄 수 있을까요? 그게 아니라면 고난과 어려움이 있더라도 어떻게든 이겨내는 극복과, 그 이겨냄을 바라는 기복까지 행복에 포함되는 걸까요? 아니 그런데······ 대체 행복이 뭔데요?

얼마 전에는 좋아하는 게임 원작의 애니메이션 극장판을 봤는데요. 원작 게임에서는 주인공의 선택에 따라 엔딩이 여러 가지로 갈리거든요. 마지막에 주인공은 죽지만 여운을 남기는 엔딩과, 기적 같은 일이 일어나 주인공이 생존해 행복하게 살아가는 엔딩이 있어요. 극장판에서 선택한 건 후자였죠. 저는 영화를 보고 나오면서 조금 실망했어요. 저기서 주인공이 살아 있다면, 지금까지의 전개가 다 부정되는 것이나 다름없기 때문이었죠. 주인공의 고난과 역경 그리고 선택의 의미가 희미해지는 것만 같아서, 이야기에 몰입했던 저로서는 실망하지 않을 수가 없었어요.

하지만 시간이 지나 다시 생각해보니 고난과 역경과 선택들이 의미 없는 게 되어버린다고 하더라도, 누군가 행복을 느끼며 살게 된다면, 사랑하는 사람과 함께 살 수 있게 된다면, 그걸로 충분한 것은 아닐까, 그런 생각을 하게 되기도 합니다.

예전에 방송한 '지붕 뚫고 하이킥'이라는 시트콤이 지금도 유튜브에서 인기를 끌고 있는데요. 삶의 무거움을 발랄한 웃음으로 덮으며 많은 사람에게 사랑받은 드라마였는데, 두 주인공이 갑작스럽게 죽음을 맞이한 채 끝을 맺어서 상당한 비난을 받기도 했었지요. 그때 감독이 했던 말은 죽음에는 개연성이 없고, 우리의 삶이 그렇게 웃음으로 가득한 것만은 아니라는 것이 요지였던 걸로 기억합니다. 글쎄요, 그걸 누가 모르겠어요. 모두가 알고 있는 사실을 그냥 그대로 반복해서 보여줄 것이라면, 차라리 마음이라도 편한 것이 낫지 않을까 하는 생각이 들기도 합니다.

김상혁 시인의 〈영화관〉은 우리의 삶을 영화 속 이야기와 견주어 풀어갑니다. 저는 이 시에서 아내가 아직 오지 않았는데 영화가 시작하더라는 대목이 정말 좋았어요. 삶이라는 게 그렇잖아요. 같은 시간, 같은 장소에서 시작하는 것이 아니잖아요. 중간부터 보기 시작한 영화는 처음부터 보기 시작한 영화와는 다른 느낌을 줄 거예요. 우리가 같은 세상에 살고 있다 하더라도, 전혀 다른 삶을 살 수밖에 없는 것처럼요.

그렇다면 영화의 끝 역시 각자에게 다르겠지요. 시 속의 '나'가 영화를 보다 말고 밖으로 나오는 것도 그런 이유일 거예요. 그러고 생각하지요. 사람들은 이야기를 몰라도 이야기처럼 살고, 어두운 극장이 아니라 밝은 햇빛 아래에서도 얼마든지 불행해 보인다고요. 시인의 세계에서 삶과 이야기는 딱 잘라 구분할 수 있는 것이 아니지만 동시에 분명하게 다른 것이기도 합니다. 우리의 삶은 이야기가 아니지만, 이야기는 우리의 삶에 깊숙이 들어오기도 하거든요.

시인의 시가 이야기에 대해, 이야기의 결말에 대해 고민하는 것은 바로 그런 이유 때문일 거예요. 시인이 좀처럼 결론을 내리지 못하고 있다는 것은 저에게 조금 다행스럽게 여겨지기도 합니다. 저 또한 아직도 그 영화의 해피엔딩이 좋은 것인지 아닌지, 계속 고민이 되거든요. 중요한 것은 역시 그 고민 자체라고 할 수 있겠습니다. 진정 다행인 점이 있다면, 시는 딱히 결말을 갖는 장르는 아니라는 점이지요. 김상혁 시인의 이 시 또한 우리에게 말하고 있습니다. 우리가 영화관을 계속 찾는 것은, 그리고 계속 살아갈 수 있는 것은 우리 삶이라는 이야기에 별다른 결말이 없기 때문이라고요.

마음 한철

박
준

미인은 통영에 가자마자
새로 머리를 했다

귀밑을 타고 내려온 머리가
미인의 입술에 붙었다가 떨어졌다

내색은 안 했지만
나는 오랜만에 동백을 보았고
미인은 처음 동백을 보는 것 같았다

"우리 여기서 한 일 년 살다 갈까?"
절벽에서 바다를 보던 미인의 말을

나는 "여기가 동양의 나폴리래" 하는
싱거운 말로 받아냈다

불어오는 바람이
미인의 맑은 눈을 시리게 했다

통영의 절벽은
산의 영정(影幀)과
많이 닮아 있었다

미인이 절벽 쪽으로
한 발 더 나아가며
내 손을 꼭 잡았고

나는 한 발 뒤로 물러서며
미인의 손을 꼭 잡았다

한철 머무는 마음에게
서로의 전부를 쥐여주던 때가
우리에게도 있었다

❧ 《당신의 이름을 지어다 며칠을 먹었다》, 문학동네, 2012.

통영에서
우리는

――――

　우리나라에서 예술가의 도시를 꼽자면 어디일까요? 예술가가 가장 많이 사는 도시라면 단연 서울이겠지만, 예술가가 가장 사랑하는 도시를 꼽으라면 통영이 생각납니다. 통영은 많은 예술가가 태어나고 활동한 도시입니다. 윤이상과 유치환, 박경리와 김춘수 등 많은 예술가가 통영에서 태어났지요. 통영을 여행하다 보면 예술가들의 흉상이나 시비를 쉽게 볼 수 있어요. 그때마다 참 예술가의 도시답다는 생각이 듭니다.

　통영이 예술가의 도시인 것은 그 때문만은 아니라고 생각해요. 통영에는 사랑할 수밖에 없는 어떤 분위기가 있거든요. 우리나라에는 '한국의 나폴리'가 몇 군데 있는데요. 저에게는 통영이 가장 한국의 나폴리입니다. 말이 좀 이상하긴 하지요. 통영에 가면 바다와 항구, 그리고 오래된 아름다움을 가진 적조 건물들이 펼쳐집니다. 저는 여러 가게가 펼쳐진 동피랑이나 서피랑보다는 바다가 펼쳐진 강구안과 서호시장을 좋아하는데요. 이곳을 걷노라면 바다의 부드러운 리듬이 기분 좋게 전해져오는 것만 같습니다.

예술가뿐 아니라 많은 사람이 통영을 가슴 깊이 사랑하는 것도 그런 까닭일 거예요. 통영이 품고 있는 자연의 아름다움, 그 풍요로운 자연이 선사한 도시의 넉넉한 분위기, 오랫동안 쌓여온 문화 유산이 모두 어우러져 통영만의 고유한 분위기를 만드는 것 같습니다. 걷다 보면 사랑하지 않을 수 없는 동네입니다.

제가 좋아하는 김춘수의 시에는 눈 덮인 바닷가에 핀 붉은 동백의 이미지가 등장하는데요. 그건 시인이 어릴 적 보았던 장면 그대로가 아니었을까 해요. 가장 먼저 동백이 피는 남쪽 바다에서 흰빛, 푸른빛, 붉은빛이 어우러진 이미지는 얼마나 아름답고 강렬했을까요. 김춘수 시에 등장하는 많은 바다를 저는 통영의 바다로 이해하고 있습니다.

통영의 좋은 점은 역시 맛있는 음식들이기도 하죠. 통영의 맛에 대해서 한 시간은 족히 떠들 수 있을 텐데, 여기서 그걸 다 말하기는 어렵겠네요. 하지만 저는 매년 늦겨울이면 통영에 갈 생각에 안절부절못합니다. 도다리쑥국을 꼭 먹어야 하니까요. 이번 겨울의 끝자락에도 통영에 가고야 말 거예요.

박준 시인의 시 〈마음 한철〉은 통영의 여러 아름다움이 잘 드러나는 시입니다. 동백과 절벽이 그려지고, 거기서 시의 화자는 미인과 함께 이야기하죠. 이곳에서 한 일 년 살면 어떻겠느냐라거나, 여기가 동양의 나폴리라거나 하는 그런 말들이요. '통영은 동양의 나폴리'라는 흔한 말을 제게 강하게 각인시켜준 것은 아무래도 박준 시인의 시입니다. 그리고 홍상수 영화에서 항구에 있는 '나폴리'라는 이름의 숙박업소가 나오는 장면을 보면서 음, 통영은 과연 한국의 나폴리군, 고개를 끄덕인 기억이 납니다.

아무튼 박준 시인이 그리는 것은 바로 이런 아름다운 곳에서 미인과 서로 마음을 주고받던 시절입니다. 그건 결국 한철 머물 뿐인 마음인데요. 그럼에도 그 마음에 서로의 전부를 쥐여주는 것 역시 마음의 일일 거예요. 어떻게 보면 참 싱거운 이야기가 될 수도 있을 텐데, 시가 그리는 이 장면이 설득력과 생동감을 갖는 것은 통영이라는 배경 덕분이겠죠. 세상에는 어떤 마음이 구체화되는 장소들이 있는 것 같아요. 그리고 많은 시인에게 그것은 통영인 겁니다.

통영에 가본 적이 있는 분이라면, 제가 말씀드리는 통영의 분위기가 무엇인지 잘 알 거라 생각합니다. 혹 아직 통영에 가보지 못한 분이 있다면, 언젠가 꼭 통영에 가보기를 권하고 싶어요. 감흥과 어떤 기분이 아주 선명해지는, 놀라운 경험을 할 수 있을 테니까요. 열심히 말하다 보니 너무 지역 홍보 같은 글이 되긴 했습니다. 그럼에도 제 마음의 한철이 이 이야기를 꼭 해야 한다 권하고 있습니다.

다움

오
은

파란색과 친숙해져야 해
바퀴 달린 것을 좋아해야 해
씩씩하되 씩씩거리면 안 돼
친구를 먼저 때리면 안 돼
대신, 맞으면 두 배로 갚아줘야 해

인사를 잘해야 해
선생님 말씀을 잘 들어야 해
받아쓰기는 백 점 맞아야 해
낯선 사람을 따라가면 안 돼
밤에 혼자 있어도 울지 말아야 해
일기는 솔직하게 써야 해
대신, 집안 부끄러운 일은 쓰면 안 돼
거짓말은 하면 안 돼

꿈을 가져야 해
높고 멀되 아득하면 안 돼
죽을 때까지 내 비밀을 지켜줘야 해

대신, 네 비밀도 하나 말해줘야 해

한국 팀을 응원해야 해
영어는 잘해야 해
사사건건 따지려고 들면 안 돼
필요할 때는 거짓말을 해도 돼
대신, 정말 필요할 때는 거짓말을 해야만 해
가족을 지켜야 해

학점을 잘 받아야 해
꿈을 잊으면 안 돼
대신, 현실과 타협하는 법도 배워야 해
돈 되는 것을 예의 주시해야 해
돈 떨어지는 것과 동떨어져야 해

내 주변 사람들에겐 항상 친절해야 해
대신, 나만 사랑해야 해
나한테만 베풀어야 해

뭐든 잘해야 해
뭐든 잘하는 척을 해야 해
나를 과장해야 해
대신, 은은하게 드러내야 해
적당히 웃어넘기고 적당히 꾀어넘길 줄 알아야 해
눈치를 잘 살펴야 해
눈알을 잘 굴려야 해

다움은 닳는 법이 없었다
다음 날엔 다른 다움이 나타났다
꿈에서 멀어진 대신,
대신할 게 걷잡을 수 없이 늘어났다
죽을 때까지 지켜야 하는 비밀처럼

다움 안에는
내가 없었기 때문에
다음은 생각할 필요가 없었다

✤ 《유에서 유》, 문학과지성사, 2016.

나다운 게
뭔데?

익숙한 클리셰 가운데 이런 게 있죠. 누군가 주인공에게 이렇게 말하는 거예요. "너 왜 이래, 이건 너답지 않아!" 그러면 주인공이 쏘아붙이듯이 답하잖아요. "그래? 나다운 게 뭔데?" 너무 익숙한 나머지 소름이 돋네요. 이런 문답을 어디서 봤는지 물으면 제대로 떠오르진 않아요. 궁금한 나머지 인터넷을 검색해보니 영화 '실미도'와 드라마 '베토벤 바이러스'에서 나왔다고 하네요. 아마도 그 작품 자체의 인상보다 여러 매체에서 패러디한 덕분에 더 유명해진 말인가 봅니다.

그 말의 출처가 중요한 건 아닐 겁니다. 그러나 질문 자체는 매우 중요해 보여요. 우리가 살면서 끊임없이 던지는 질문 아닐까요? 나다운 게 뭔데? 내가 뭔데? 어떻게 하면 내가 되는 건데? 글을 쓰면서도 조금 소름이 돋네요.

'나'라는 것은 유동적이고 가변적입니다. 친구들과 함께 있을 때의 나와 어른들과 함께 있을 때의 나는 전혀 다른 사람이고 연인 앞에서 보여주는 나의 모습과 가족들에게 보여주는 나의 모습 또한 전혀 다르지요. 저는 밖에서는 점잖은 척하지만, 집에서는 한없이 칭얼대는 귀찮은 사람입니다. 물론 가족들은 조금도 귀 기울여주지 않고요. 귀 기울여주지 않으니 마음 놓고 하는 면이 없는 것도 아니지만…….

우리는 때로 내가 잘 알고 있다고 생각해온 사람의 전혀 다른 면모를 발견할 때가 있지요. 정말 좋은 사람이라 생각했던 선배가 사실 사람을 가리며 남을 무시하는 사람이었다는 것을 알게 될 수도 있고, 집에서는 참 실없는 사람이던 아버지가 밖에서는 참 훌륭한 사회인인 것을 보는 날도 있어요. 전화가 걸려 올 때 갑자기 목소리가 변하는 어머니도 있죠. 집 전화라는 게 없어지면서 보기 어려워진 장면이기는 하지만요.

나답다거나 나답지 않다거나 하는 말은 참 공허합니다. 한때 '나'를 찾아 떠나는 여행이라거나, '나'와 대화하기 같은 것이 유행한 것도 '나'의 모습을 파악하는 게 참으로 어려운 일이기 때문일 거예요. 불교에서도 '나'의 실체를, 그리고 헛됨을 깨닫는 것이 중요한 깨달음 가운데 하나라고 하잖아요.

반면에 이런 '다움'들도 있어요. 남자답다거나 학생답다거나 하는 말들이요. 앞서 말한 것처럼 너무나 다양한 모습을 가진 여럿을 하나의 모습으로 규정하는 말이죠. 저는 그런 말을 듣는 것이 참 싫었어요. 시인답다거나 시인답지 못하다거나 하는 말은 더 싫었죠. 그럼 또 묻고 싶은 거예요. 시인다운게 뭔데? 남자다운 건 또 뭔데?

　오은 시인의 시 역시 이러한 '다움'에 대해 말하고 있어요. 바람직한 모습의 무엇인가가 되기 위해, 계속 강요당할 수밖에 없는 어떤 '다움'들이 그려집니다. 파란색에 익숙해지고, 바퀴 달린 것을 좋아하고, 맞으면 두 배로 갚아줘야 하고 그런 것들이요. 하지만 시인의 시가 보여주듯이 이런 '다움'들은 결국 우리를 억압하고 불행하게 만듭니다.

　그래서인지 시의 마지막 문장이 참 가슴 아팠어요. "다움 안에는/ 내가 없었기 때문에/ 다음은 생각할 필요가 없었다"는 문장이요. 우리를 규정하는 수많은 '다움' 속에는 '나'라는 것은 들어 있지 않은 거예요. 그러니 다음 일을 생각할 필요도 없지요. 그냥 그 규정들을 따라 움직이기만 하면 되는 거니까요.

　시인의 말대로라면 결국 우리는 '나'를 되찾아야 하긴 할 겁니다. 수많은 규정에 맞서는 '나'가 있어야만 하니까요. 그렇다면 또다시 나다운 게 무엇이냐는 질문을 던져야만 하겠군요. 이 또한 답이 없는 이야기입니다. 그래서 우리는 이 수많은 '다움'으로부터 자유롭지 못한 것인가 봅니다. 어떻게 해야 할까요? 이 '다움'들의 하염없는 몰아침을 어떻게 막아내고 견뎌낼 수 있을까요? 이렇게 말해볼 수도 있겠습니다. 나답게 견뎌내야 한다고요. 그 끝없는 질문을 견뎌내는 방식이 바로 나다운 것이라고요.

생각의자

유
계
영

불가능해요 그건 안돼요
간밤에 얼굴이 더 심심해졌어요

너를 나라고 생각한 기간이 있었다

몸은 도무지 아름다운 구석이라곤 없는데
나는 내 몸을 생각할 때마다 아름다움에 놀랐다

나는 고작 허리부터 발끝까지의 나무를 생각할 수 있다
    냉동육처럼 활달한 비밀을 간직한 나무의 하반신을
생각할 수 있다

나무의 상반신은 구름이 되고 없다

어떤 나무의 꽃말은 까다로움이다

사람들은 하루를 스물네 마디로 잘라 둔 뒤부터
공평하게 우울을 나눠 가졌다

나는 나도 아닌데
왜 너를 나라고 생각했을까

의자를 열고 들어가 앉자
늙은 여자가 날 떠났다
나는 더 오래 늙기 위한 새 의자를 고른다
나에 대한 가장 아름다운 정의를 내리려고

❖ 《온갖 것들의 낮》, 민음사, 2015.

앉아서 가만히
생각해보면

———

후회와 반성은 비슷하면서도 좀 다른 것 같습니다. 저는 후회는 매 순간 하면서도 반성은 좀처럼 하지 않는 편인데요. 후회가 자신이 저지른 일에 대해 한탄하며 돌이킬 수 없는 일을 계속 생각하는 것이라면, 반성은 돌이킬 수 없는 일이 다시 일어나지 않도록 미래를 생각하는 일이지요. 생각의 방향이 과거를 향하느냐, 과거를 통과해 미래를 향하느냐 하는 데서 후회와 반성이 갈리는 게 아닌가 싶습니다.

그러하니 반성보다는 후회가 쉽지요. 후회는 앞으로의 일을 생각할 필요가 없으니까요. 후회는 감정을 따르기만 하면 되지만, 반성은 그 감정의 격류를 멈추고 생각이라는 걸 해야 합니다. 단호한 결심도, 적극적인 행위도 모두 필요한 일이 반성일 거예요.

여섯 살 때 처음으로 반성이라는 걸 해보았습니다. 유치원에 '생각의자'라는 것이 있었어요. 잘못을 저지른 아이에게 그 의자에 앉아 잘못에 대해 생각할 시간을 주는 물건이었는데, 저는 그 의자를 정말 무서워했습니다. 저만 무서워한 것은 아니었고, 유치원의 아이들은 모두가 무서워했지요. 벌을 받는 것은 모두가 두려워하잖아요. 무슨 잘못을 저질렀는지 생각나지 않지만, 거기 앉았던 때의 괴로움은 어렴풋하게 기억납니다. 처음에는 아무런 생각을 할 수 없었고, 그저 시간이 지나기만을 기다렸던 것 같아요. 겨우 여섯 살 난 아이가 자신을 돌아볼 수는 없잖아요.

하지만 생각의자에서는 생각을 해야 하니까, 나름 생각을 하긴 했습니다. 나의 잘못을 돌아보는 대신 내가 여기 왜 이러고 있어야 할까, 선생님은 나를 싫어하는 것일까, 선생님이 나를 싫어한다면 나도 선생님이 싫다……. 뭐 이런 생각이었지만요. 잘못을 되돌아보며 일어난 일에 대해 가만히 생각해보는 시간은 분명 그때가 처음이었을 거예요. 그 생각의 방향이 다소 이상했다고 하더라도요.

유계영 시인의 〈생각의자〉는 그렇게 자신을 돌아보는 일에 대해 말하는 시입니다. 여섯 살 아이가 아니더라도 자신을 돌아보는 일은 어려운 모양입니다. 이 시의 화자는 '나'라는 것을, 그리고 나의 아름다움을 생각합니다. 그러나 나는 나 자신을 제대로 보지 못하고 있는 것 같지요. 나는 허리부터 발끝까지만을 생각할 수 있고, 상반신은 구름이 되어 날아갈 뿐이지요. 게다가 '나'라는 것은 어쩐지 나무와 겹치기도 하고, '너'와 겹치기도 합니다. 시의 화자는 새로운 의자를 찾아 앉습니다. 그것이 "나에 대한 가장 아름다운 정의"를 내리기 위한 것이라고 말하면서요.

알쏭달쏭한 시지요. 하지만 이 부분에 힌트가 있는 듯해요. 그러니까 시인은 '나'라는 것을 제대로 파악하지 못하고 있으며, 나를 잘 알아보기 위해 생각하는 의자에 앉는 것이지요. 시인도 아이들의 생각의자를 떠올렸던 모양입니다. 생각을 잘하기 위해 앉는 의자요. 그리고 그 의자에서 하는 생각이란 내가 한 일에 대한 생각이고 나를 위한 생각일 수밖에 없으니까요. 좀처럼 풀리지 않는, 이 '나'라는 수수께끼를 풀기 위해, 시인은 생각의자를 빌려 앉은 셈이지요. 시는 이처럼 '나'라는 비밀을 어떻게든 마주하고 해결하고자 하는, 그리하여 나에 대한 아름다운 정의를 내리는 일이기도 합니다.

자신을 돌아보고, 반성하는 이런 태도가(물론 이 시는 반성이라는 말의 뉘앙스와 다소 거리감이 있긴 합니다) 그 자체로 아름다운 일이라고도 할 수 있지 않을까요? 마지막으로 반성한 게 언제인지 기억하시나요? 반성이 갈수록 어려워지는 것은 저만의 이야기는 아니겠지요. 어른을 위한 생각의자가 따로 필요하겠다는 생각이 드는데요. 시가 도움이 될 수도 있겠습니다. 시를 읽으면서 나에 대해 생각을 하게 하고, 동시에 일상으로부터 다소의 거리를 두게 되니까요. 어쩌면 시인이 말하는 저 생각의자란 시를 말하는 것인지도 모르겠습니

다. '나에 대한 가장 아름다운 정의'를 내리는 일, 그것이야말
로 시를 쓰는 일일 테니까요.

비누에 대하여

이
영
광

비누칠을 하다 보면
함부로 움켜쥐고 으스러뜨릴 수 있는 것은
세상에 없다는 생각이 든다
비누는 조그맣고 부드러워
한 손에 잡히지만
아귀힘을 빠져나가면서
부서지지 않으면서
더러워진 나의 몸을 씻어준다
샤워를 하면서 생각한다
힘을 주면 더욱 미끄러워져
나를 벗어나는 그대
나는 그대를 움켜쥐려 했고
그대는 조심조심 나를 벗어났지
그대 잃은 슬픔 깨닫지 못하도록
부드럽게 어루만져주었지
끝내 으스러지지 않고
천천히 닳아 없어지는 비누처럼, 강인하게
한번도 나의 소유가 된 적 없는데

내 곁에 늘 있는 그대
나를 깊이 사랑해주는
미끌미끌한 그대

❖ 《직선 위에서 떨다》, 창비, 2003.

이제는 비누를
쓰지 않지만

———

샤워할 때 몇 가지 제품을 사용하나요? 보디워시, 보디스크럽, 클렌징폼, 클렌징오일, 샴푸, 린스, 트리트먼트……마음먹고 쓰자면 정말 많죠. 보디워시 종류만 해도 굉장히 다양하잖아요. 샤워젤, 샤워크림, 보디오일 등등, 무슨 차이가 있는지도 모르겠는 물건들이 참 많아요. 저는 보디워시에 클렌징폼, 샴푸 정도만 쓰고 있는데요. 쓰면서도 이게 정말 필요해서 쓰는 것인지, 다들 그렇게 쓴다고 하니 쓰는 것인지 확언하기가 어렵습니다. 한편으로는 사실 비누 하나면 다 해결되는 게 아닌가 싶기도 하고요.

예전에는 비누 하나로 다 씻었잖아요. 비누로 머리도 감고 세수도 하고 몸도 다 씻을 수 있었죠. 그래서인지 샤워 시간도 옛날이 더 짧았던 것 같아요. 어릴 때는 샴푸의 미끈거리는 느낌보다는 비누로 머리 감을 때의 뽀득뽀득한 느낌을 더 좋아했어요. 뭔가 더 제대로 씻긴다는 느낌이었달까요. 린스를 처음 써보고 크게 당황했죠. 좀처럼 씻기지도 않고 너무 미끌미끌했으니까요! 언제부터인가 비누를 쓰지 않고 샴푸나 클렌징폼, 보디워시 같은 것들이 비누를 대신했는데요. 샴푸로 머리를 감고, 샤워볼에 보디워시를 묻혀 몸을 씻고, 클렌징폼으로 얼굴을 닦지 않으면 무엇인가 제대로 씻지 못했다는 기분이 들게 되었어요.

여러모로 비누는 외면받는 물건이 된 듯해요. 촌스럽다거나 기능이 떨어진다는 인상을 주기도 하죠. 하다못해 손을 씻을 때조차 요새는 손 세정제를 더 많이 이용하잖아요. 그 덕분에 우리의 욕실은 아주 많은 제품으로 가득 차게 되었지요. 우리 삶의 다른 영역들처럼요.

저는 얼마 전부터 이런 물건을 가능한 줄이는 중이에요. 최대한 비누 하나로 씻는 일을 해결하려 노력하고 있죠. 왜 그렇게 하는지는 잘 모르겠어요. 플라스틱 용기를 조금이라도 줄여야겠다는 생각을 얼핏 했지만 그게 큰 이유는 아니었어요. 여전히 플라스틱과 비닐투성이인 삶을 살기도 하고요. 아마 너무 번거롭고 복잡하다고 생각했던 것 같아요. 삶을 이루는 여러 요소를 조금이라도 줄이면 좋겠다고 여겼나 봅니다.

삶이 너무 복잡해지니 작은 부분이라도 삶을 단순화하고 싶은 마음이 생겼습니다. 그것만으로 삶에 크나큰 변화가 일어나지는 않겠죠. 제 삶은 저도 모르게 어떤 방향으로 변해나가고 있고, 저는 그 까닭을 스스로 짚어보며 저 자신을 생각해볼 뿐입니다.

이영광 시인의 시 〈비누에 대하여〉는 삶의 태도를 다시 생각해보게 하는 시입니다. 비누는 손에서 잘 빠져나가고, 쉽게 뭉개지기 때문에 우리 삶에서 조금씩 멀어졌죠. 하지만 시인은 바로 그것이 비누의 소중하고 귀한 점이라고 말하고 있는 게 아닐까요?

힘주어 잡으면 아귀에서 빠져나가지만 바로 그 빠져나간다는 성질이 우리의 몸을 깨끗하게 만드는 힘이 되죠. 그러한 비누의 특성에서 시인은 사랑의 성질을 떠올립니다. 억지로 애써 잡으려면 손에서 빠져나가버리는 것이 사랑이니까요. 시인은 손에서 빠져나가는 비누를 두고 사랑이 우리를 떠날 때, 그 슬픔을 알아차리지 못하도록 조심스럽게 벗어나는 것이라고 말합니다. 그렇게 생각하면 비누란 참으로 다정한 물건이죠.

천천히 닳아 없어지면서, 자신의 할 일을 다하고, 부드러운 거품을 남긴 채 떠나가는 것이 비누라고, 그리고 그것이 우리의 사랑이라고 시인은 말하고 있습니다. 그뿐이 아니죠. 시인은 우리 삶의 그 어떤 것도 쉽게 손에 쥐고 으스러뜨릴 수는 없노라고 말합니다. 비누로부터 타자에게 가져야 할 배려와 사랑의 태도를 떠올리는 데까지 시인의 사유는 나아갑니다.

저는 점차 우리 삶에서 멀어져가는 비누라는 사물의 처

지가 이 시와 참 잘 어울린다고 생각했습니다. 배려는 줄어들고 구분은 명확해지는 것이 요즘 우리의 삶이 아닌가 싶고요.

그렇다고 제가 비누를 사용함으로써 다른 사람을 더 잘 사랑합시다! 라고 말하려는 건 아니에요. 그건 너무 억지스럽고 이상하잖아요. 다만 예전에는 아무렇지도 않게 사용하던 물건이 어쩐지 낡고 촌스러운 것처럼 느껴질 때, 그건 무슨 까닭에서 그런 것일까 혼자 생각해볼 따름입니다. 점차 복잡하고 팍팍해지는 삶의 모습에 대해서도요. 일단 요새는 비누도 참 좋게 나와서요. 샴푸와 보디워시를 쓰지 않아도 딱히 불편하지는 않더라는 말을 덧붙이고 싶긴 하네요.

공원에 많은 긴 형태의 의자

임승유

나를 두고 왔다.

앉아서 일어날 줄 모르는 나를 두고 오는 수밖에 없었지만 그때 보고 있던 게 멈추지 않고 흐르는 물이라서

어디 갔는지도 모른다 어디 갔는지도 모르면서 여름이 오고

여름엔 장미가 피었다 지기도 하니까 붉어지는 데 집중하다 떨어진 장미를 집어 들고 어떻게든 해보려는 사이

장미는 다 어디로 갔다.

남겨두기 위해서라면 한 번쯤 비유를 끌어다 쓰는 수밖에 없었고 결국 모여 있던 아이들이 빠져나간 후에 남은 의자처럼

찾아가지만 않는다면

거기 그대로 앉아 있을 것이다.

❋ 《나는 겨울로 왔고 너는 여름에 있었다》, 문학과지성사, 2020.

공원에서
만나요

───────

　공원을 싫어하는 사람이 있을까요? 일단 저는 아주 좋아합니다. 그래서 틈나는 대로 공원을 걷습니다. 회색빛 건물로 가득한 도시에서 잠시나마 녹색을 마음껏 즐길 수 있는 공간이잖아요. 녹색이 사라진 겨울철이라 하더라도 공원이 좋은 것은 마찬가지고요. 공원을 좋아하는 이유는 공원이 갖는 예외적 속성 때문일 거예요. 공원은 도시의 일과에서 잠시 벗어나 만나는 비일상적 공간이니까요. 도시의 삶은 스트레스 지수가 높을 수밖에 없잖아요. 스트레스를 방출하고 처리해야만 하는 삶이기도 하고요. 공원을 찾으면 스트레스가 해소된다기보다는 조금 옅어지는 듯합니다. 아니면 스트레스 허용량이 늘어난다고 해야 할까요? 아무튼 마음이 넓어지는 기분인 건 확실합니다.

　자연을 보면 마음이 안정된다는 게 참 이상하고 신기하지 않나요? 복잡하고 정신 사나운 삶과는 무관하다는 듯, 우리의 인지를 벗어나는 거대한 섭리를 따라 움직이는 자연의 모습이 우리에게 안정을 주는 것일지도요. 물론 공원에서 만나게 되는 자연은 그런 대자연과 조금 다르긴 하죠. 하지만 계절에 따라 변해가는 공원의 풍경에서 이 세계를 운용하는 거대한 자연을 잠시나마 연상할 수 있습니다.

일본식 정원이 그렇다고들 하죠. 자연의 모습을 모사하여 다듬고 축소한 것이라고요. 자연의 전체를 압축적으로 정원에 들이는 것이 일본식 정원의 요체라고 합니다. 반면 한국의 정원은 인위적인 가공을 줄이고 자연 그대로를 정원에 들임으로써 자연을 자연스럽게 삶으로 들이는 것이라고 해요. 자연을 자연스럽게 들인다는 말이 아이러니하네요. 동서고금을 막론하고 사람들은 자연을 삶 속으로 들여오고자 했던 모양이에요. 이 시대의 공원은 정원을 가질 수 없는 도시의 삶에 맞추어 새롭게 만든 공공의 정원이라 할 수도 있겠습니다.

이 공공의 정원이라는 점이 공원의 좋은 점이라고 생각해요. 여러 사람과 자연스럽게 마주치고 스쳐 가는 곳, 도시의 구성원들이 교차하며 휴식하고 그것을 통해 에너지를 얻는 곳이 공원이죠. 공원에서는 가족과 걷는 사람, 연인과 걷는 사람, 친구나 동료와 걷는 사람 등등. 아주 다양한 사람들을 볼 수 있어요. 저는 혼자 걸을 때가 많은데요. 혼자 걸을 때면 다양한 사람을 천천히 관찰할 수 있어서 좋습니다. 산책 나온 강아지를 멀찍이 서서 흐뭇하게 바라보는 것도 공원의 즐거움입니다.

공원을 걷는 일도 즐겁지만, 공원에 가만히 앉아 있는 것도 참 좋아요. 어디로도 향하지 않고 잠시 멈춰서 햇빛과 나무 아래에 앉아 있으면 몸과 마음이 충전됩니다. 멍하니 앉아 있을 수 있는 시간은 참 귀하고 고마울 따름입니다. 저는 사실 공원에 가더라도 멍하니 앉아 있는 적은 거의 없거든요. 항상 조바심과 조급증에 시달리는 삶을 살다 보니 아무것도 하지 않고 가만히 있을 수 있다는 생각을 거의 떠올리지를 못하는 거예요. 집에서 쉴 때조차 꼭 무엇인가를 봐야만 하니까요. 그러니 가만히 앉아 있는 순간이 어쩌다 제게 찾아오면, 스스로 놀라곤 합니다. 아니, 이렇게까지 평화롭다니!

임승유 시인의 〈공원에 많은 긴 형태의 의자〉는 공원의 풍경을, 그것도 가만히 앉아 있는 모습을 그리고 있습니다. 시의 화자는 공원에 찾아갔어요. 혼자인지 누군가와 함께인지는 알 수 없지만 잠시 공원에 앉아 멍하니 흐르는 물을 봤던 모양입니다. 시인은 이렇게 말하고 있어요. 나를 두고 왔다고요. 앉아서 일어날 줄 모르는 나를 두고 오는 수밖에 없었다고요. 그리고 두고 온 내가 어디로 갔는지도 모른다고요. 이건 대체 무슨 일일까요.

마음이 복잡해서 공원을 찾아갔을 수도 있을 거예요. 아니면 누군가와 함께 걷다가 그곳에서 그 사람과 헤어지게 된 것일 수도 있고요. 어떤 이유로든 시의 화자는 둘 곳 없는 마음을 자기도 모르게 공원에 두고 오게 된 거겠죠. 시의 화자에게 삶이란 그런 것입니다. 내가 어디로 갔는지 모르는 사이에 여름이 오고 장미가 피고 그 장미를 보며 아름답다고 생각하고 손을 뻗으려는 그 사이에 장미는 또 사라지고 없는 거예요.

우리의 삶도 그렇잖아요. 온데간데없이 사라진 무언가를 그리워하며 황망한 상태로 있을 수밖에 없는 것이 삶이죠. 그래서 시인이 마지막에 던지는 말이 의미심장합니다. 찾아가지만 않는다면 거기 그대로 앉아 있을 거라는 말이요. 그때 내가 두고 온 둘 곳 없는 그 마음, 그걸 되찾고 되새기려 하다 보면 결국 그건 행방도 영문도 알 수 없게 되어버리는 거예요. 그리고 두고 온 그 마음은 어디에 있는지 도무지 알 수 없지만 그것을 어딘가에 두고 왔다는 사실, 어디 있는지는 모르지만 어딘가에 있다는 것만은 우리에게 분명한 사실일 겁니다.

우리가 공원을 산책하며 떠올리고 잊어버리는 수많은 생각과 마음도 공원 어딘가에 남아 있겠죠. 그렇다면 우리가 자꾸 공원을 걷고 싶어 하는 것도 그 마음과 관련된 게 아닐까요? 그렇게 마음을 어딘가에 두고 와버리는 것, 그 마음의 행방을 알 수 없게 되는 것은 우리를 계속 살아가게 하는 힘이기도 할 거예요. 그 마음이 어딘가에 있으리라 생각하며,

우리는 둘 곳 없는 또 다른 생각을 어딘가에 두고서 앞으로
나아가는 것이겠죠.

야생동물보호구역

이
병
일

밤이면 곰덫에 걸린 멧돼지 울음소리가 들린다고 했다 꼬리처럼 둥글게 말려 올라간 목숨이 끊어질 즈음, 눈알은 발갛게 발기되고 죽음이 빳빳하게 피어난다고 했다

어딘지 모르게 음흉해 보이는 그림자들이 그늘진 손톱 달처럼 죽음의 골짜기로 들어간다 수리부엉이는 밤의 안면을 찢어 울어댄다 그림자들은 멧돼지 주위에서 담뱃불을 붙이며 여문 불알을 태연히 감상한다

칼질 잘하는 담뱃불이 내장을 끄집어낸다 쓸개를 떼어 검은 봉지에 담는다 그때 구경꾼의 담뱃불들은 긴장을 애써 녹이려고 목에 컥컥 걸리는 간 한조각을 대충 썰어 삼킨다 소주병을 까며 오로지 눈빛으로만 적을 응시한다

우두머리 담뱃불은 댕강 잘린 대가리를 구덩이에 넣고 나뭇잎으로 대충 덮는다 피 묻은 손에 밴 피비린내는 풀잎더미에 닦아봐도 지워지지 않았다 날렵한 앞다리와 뒷다리를 큰 배낭에 나눠 담고 등과 어깨를 세운 담뱃불

들은 재처럼 흩어진다

이곳은 일년 내내 사건 사고 없는 야생동물보호구역, 발목 하나가 없는 죽음만이 쉽게 드나들 수 있는 곳이었으니, 어두운 산길 허방에 놓은 곰덫이 멧돼지들의 행동반경에 대한 지도라고 해두자

날렵하게도 스윽 고깃덩어리를 잘라온 그림자들, 랜턴 불빛을 켜고 하염없이 순찰을 돌기 시작했다 절름발이 집에 걸린 덫들의 테두리가 빛날 때까지, 더운 숨이 끊어질 때까지 이 짓을 계속할 거라고 했다

❊ 《아흔아홉개의 빛을 가진》, 창비, 2016.

동물의
삶

길에서 보이는 고양이들을 사진 찍는 게 제 취미입니다. 도시에선 어디서나 고양이를 볼 수 있잖아요. 사람에게 익숙한 친구들도 많아서, 사람이 곁에 있어도 피하지 않고, 오히려 적극적으로 다가오는 고양이도 있죠. 길에서 고양이를 발견하는 건 이제 도시의 반가운 이벤트와 같은 일이 되었습니다.

제가 자주 찾아가던 편의점에도 항상 고양이가 있었습니다. 그 고양이를 처음 만난 건 편의점 사장님이 고양이를 쫓아내려던 때였어요. 사장님이 아무리 쫓아내도 고양이는 계속 편의점 앞을 서성였지요. 몇 번을 쫓아내도 굴하지 않고 다시 찾아오는 고양이를 사장님도 매정하게 내치지 못하는 상황이었습니다. 그 후로도 고양이는 종종 편의점 앞에 앉아 있었고, 때로는 가게 안에서 그 모습을 볼 수도 있었습니다. 멋대로 들어와버려서 사장님이 곤란해하는 느낌이었지만요.

그러고 시간이 흘러 어느 날 겨울 찾아간 편의점에는 고양이의 집이 만들어져 있었습니다. 음식과 물도 자리를 마련해서 내주었더라고요. 가만 보니 고양이의 배가 불러 있었습니다. 배부른 상태인 고양이를 추운 겨울에 내쫓을 수는 없으니 완전히 거두기로 한 것이었습니다.

얼마 뒤 새끼 고양이들이 태어났고, 편의점을 찾아온 사람들은 모두 그 꼬물거리는 새끼 고양이들을 한참 들여다보고는 했습니다. 무사히 겨울을 보내고 봄이 올 즈음 편의점 앞에는 어미 고양이만 남아 있었어요. 성장한 새끼들을 독립시킨 모양이에요. 홀로 남은 고양이는 편의점 입구 근처에 자기 자리를 마련한 채로 손님들을 맞아주고 있었습니다. 고양이는 어느덧 편의점의 마스코트가 된 것이죠.

우리 주변에 고양이가 늘어난 것은 아마 이런 일이 여기저기에서 일어났기 때문일 거예요. 사람의 도움이 필요한 생명이 근처에 있고, 그런 요청을 모른 척할 수 없는 사람들 또한 어디에나 있으니까요. 이제는 도둑고양이라는 말 대신 길고양이라는 말을 쓴다는데요. 시간의 흐름에 따라 생겨난 변화를 잘 보여주는 단어라고 생각합니다. 언어의 변화도 그렇고, 길고양이를 대하는 태도 또한 예전과는 많이 달라졌죠. 저는 길고양이를 볼 때마다 우리에게 우리와 무관한 다른 이를 귀하게 여길 수 있는 마음이 있다는 것을 확인하게 됩니다.

이병일 시인의 〈야생동물보호구역〉은 위에서 말한 내용

과는 사뭇 다른, 섬뜩한 분위기의 시인데요. 시의 시선은 야생동물보호구역에 들어가 야생동물을 사냥하는 그림자들을 따라 움직이고 있습니다. 곰덫에 멧돼지가 걸렸고, 그 그림자들은 멧돼지의 배를 갈라 쓸개를 떼어내고는 어둠 속으로 사라지지요. 실제로 어딘가에서 벌어지고 있을 범죄를 강렬한 이미지와 언어로 담아내는 시라고 할 수 있겠습니다.

이 시에서는 이 야생동물보호구역이 "일년 내내 사건 사고 없는" 곳이라고 말하고 있어요. 들키지 않으면 사건도 사고도 아니지요. 아무도 모르는 동물의 죽음은 아무도 모르는 채로, 어둠 속에 덮여 사라질 뿐입니다. 이 잔혹함과 참혹함은 저 머나먼 야생동물보호구역에서만 일어나는 일이 아닙니다.

동물에 대한 생각은 자연스럽게 사람에 대한 생각으로 나아갑니다. 우리가 동물을 아끼는 것처럼 다른 사람을 대할 수 있다면 얼마나 좋을까요. 혹은 우리가 동물을 착취하고 학대하는 모습을, 우리가 타자를 대하는 방식과 비교하며 반성할 수 있다면 얼마나 좋을까요.

그런 생각 속에서 우리가 '우리'라는 개념을 어디까지 설정할 것인지 성찰할 수도 있을 거예요. 저만 해도 그렇거든요. 내 가족, 내 친구, 내 주변 사람만을 우리라고 할 수도 있을 겁니다. 하지만 그로부터 조금 더 나아가 이름도 얼굴도 알지 못하는 사람들 역시 내가 공감할 수 있고 힘을 보탤 수 있는 '우리'에 포함할 수 있을 겁니다. 처음 보는 고양이를 반기며 도움을 주려는 것처럼요.

난민과 이주노동자를 비롯해 사회의 여러 마이너리티와의 갈등이 심심찮게 뉴스로 전해져오고 있는데요. 낯설고 이질적인 존재를 두려워하는 것이 인간의 본능이라고 할 수 있겠지만, 동시에 우리에게는 낯선 존재를 이해하고 받아들일 수 있는 생각과 마음이 있습니다. 그것이야말로 우리 '우리'를 더욱 크게 만들 힘이라는 것 또한 잊지 말아야겠지요.

집

이
용
악

밤마다 꿈이 많아서
나는 겁이 많아서
어깨가 처지는 것일까

끝까지 끝까지 웃는 낯으로
아이들은 층층계를 내려가버렸나 본데
벗 없을 땐
집 한 칸 있었으면 덜이나 곤하겠는데

타지 않는 저녁 하늘을
가벼운 병처럼 스쳐 흐르는 시장기
어쩌면 몹시두 아름다워라
앞이건 뒤건 내 가차이 모올래 오시이소

눈감고 모란을 보는 것이요
눈감고
모란을 보는 것이요

슬픈 사람들끼리

이용악

다시 만나면 알아 못 볼
사람들끼리
비웃이 타는 데서
타래곱과 도루모기와
피 터진 닭의 볏 찌르르 타는
아스라한 연기 속에서
목이랑 껴안고
웃음으로 웃음으로 헤어져야
마음 편쿠나 슬픈 사람들끼리

쓸쓸한 저녁에는 쓸쓸한 사람들끼리
쓸쓸한 저녁을 나누고

———

일과를 마치고 집으로 돌아가는 저녁, 운이 좋다면 아름다운 노을을 보게 됩니다. 주황빛이었다가 분홍빛으로 점차 바뀌어가는 저녁 하늘을 올려다보고 있노라면 쓸쓸하다는 생각이 들기도 하지요. 일을 마치고 돌아가는 길도, 친구들과 웃고 떠들다 돌아가는 길도 그렇습니다. 어두운 밤이거나 밝은 낮에 돌아간다면 이렇지 않을 텐데, 저 아름다운 빛이 하늘에 머무는 것도 아주 잠시라는 걸 알기 때문일까요. 저물어가는 노을과 함께 마음도 저물어가는 것만 같습니다.

저녁은 참 묘한 시간이죠. 낮과 밤의 사이에 놓인 그 시간은 우리 일상의 경계이기도 하니까요. 그 시간 사이에서 우리의 몸과 마음은 조금씩 자세를 바꾸기 시작합니다. 저녁에 찾아오는 쓸쓸함이란 어쩌면 우리의 몸과 마음이 바뀌며 생기는 낙차가 만들어내는 것인지도 모르겠어요.

그런데 곰곰이 생각하니 이 기분은 어쩌면 공감하지 못할 분들도 많겠구나 싶습니다. 집에 기다리는 사람이 있는 분이라면, 얼른 가서 다시 만나야만 할 사람이 있다면 이와 같은 저녁의 쓸쓸함을 덜 느낄지도 모를 일이지요. 성인이 된 이후, 저에게 집으로 돌아가는 길은 항상 쓸쓸한 길이었거든 요. 아무도 없는 방에 밀린 일들이 쌓인 곳이 집이었기에 저에게 저녁의 귀갓길은 그토록 쓸쓸한 것이었는지도 모르겠습니다.

이용악 시인에게도 집은 매우 쓸쓸한 공간이었습니다. 그가 그리는 집들은 대개 나의 것이 아닌 공간이었고, 마음 편안한 휴식의 공간 또한 아니었죠. 그의 시는 당시의 디아스포라 문제를 주로 그려왔는데요. 당시에는 일제에 의해 강제로 이주해야만 했던 이들도 있었고, 또한 삶이 너무 어려워 살던 곳을 도망치듯 떠나야만 했던 이들도 있었죠. 이용악은 바로 그런 이들의 삶에 관심을 갖고, 그 서러움에 주목해왔습니다.

이용악 시인의 대표작 〈낡은 집〉이 잘 보여주고 있죠. 어렵게 살던 이웃 '털보네'가 결국 고된 삶을 이기지 못하고 국경을 넘어 북쪽으로 야반도주하고, 남겨진 빈집이 어떻게 낡은 집이 되어가는지를 그리는 시였습니다. 이런 일은 당시에 드물지 않았을 것입니다. 국경을 넘어 러시아와 중국 등으로 떠났던 털보네와 같은 이들이 해방 이후 귀국하였는데, 그 수가 백만 명을 훌쩍 넘었다고 하지요. 하지만 그렇게 돌아온 이들에게 전에 살던 집은 더 이상 남아 있지 않았습니다.

오직 집만을 두고 떠났다가 다시 돌아왔지만, 결국 그 집마저 다 사라져버린 거죠.

시인에게 집이란 바로 이러한 것이었기에, 그가 그리는 집은 쓸쓸한 정도가 아니라 참담하고 괴로운 공간이기도 했습니다. 앞선 두 편의 시 가운데 하나인 〈집〉은 집 한 칸 없는 사람의 마음을 그리고 있는데요. 아마 이 시의 화자는 젊은이인 것 같습니다. 꿈도 많고 겁도 많은 이 청춘은 처진 어깨로 하루하루를 보내지만, 아이들은 그런 사정과는 무관하게 해맑게 웃으며 집을 떠나 놀러 나가지요. 함께하는 친구들이 있으니 아이들은 웃으며 뛰어다니지만, 이 시의 화자에게는 그렇게 정답게 마음을 나눌 친구도 없습니다. 살고 있는 이 집이 마음 편한 나의 집이라면 좋았겠지만, 현실은 그렇지 않으니 마음은 쓸쓸하고 괴로울 따름입니다.

저녁 시간이 되었지만 어려운 형편에 허기를 달랠 방법도 마땅치 않은데, 붉게 타오르면서도 타지 않는 야속한 저녁 하늘은 아름답게만 느껴집니다. 그런 와중에 이 시의 화자는 없는 친구를 떠올리며 가만히 눈을 감습니다. 눈을 감으면 모란이 보이고, 어둠 속에서 그 모란을 보며 시는 끝을 맺죠. 앞서 이야기한 디아스포라의 처지를 이해할 수는 없지만, 이 시에서 그리는 외로움과 고단함이라면 저도 이해할 수 있을 것 같습니다. 아름다운 저녁 하늘을 보며 느끼는 저 괴로운 마음은 저도 아는 마음이니까요. "눈감고 모란을 보는 것이요"라는 저 말은 또 얼마나 처량한가요. 어둠 속에 하얗게 피어난 한 송이 모란을 생각하며, 이 시의 화자는 자신의 괴로움을 잊으려 하고 있습니다.

또 다른 시 〈슬픈 사람들끼리〉는 이와 궤를 같이하는 또 다른 쓸쓸한 저녁 풍경을 그리고 있습니다. 이 시에서는 다행히 저녁을 먹고 있군요. 청어('비웃')와 곱창('타래곱'), 도루묵('도루모기'), 닭고기 등을 나누어 먹는 저녁 풍경인데요. 가족들과 내 집에서 나누는 다정한 저녁 식사 자리는 아닌 것 같습니다. 시에서는 이렇게 말하고 있죠. "다시 만나면 알아 못 볼/사람들끼리"라고요. 어쩌다 보니 함께 식사하게 되었지만, 그들은 모두 초면이라는 이야기입니다. 아마 시인의 관심 대상인 유이민(流移民)들이겠지요. 혹은 도시의 빈민들일 수도 있을 겁니다.

이들은 한데 모여 저녁을 나누어 먹고, 또 웃으며 헤어지려 하고 있습니다. 시인은 이들을 두고 "슬픈 사람들"이라고 부르지요. 돌아갈 집이 없는 이들, 집이 있더라도 그곳이 결코 편하지 않은 이들이 잠시나마 함께 시간을 보내는 것입니다. 몸과 마음을 달랠 이 저녁 식사가 끝나면 이들은 모두 돌아가야만 하겠지요. 저녁노을을 뒤로 한 채로 말입니다.

이들이 헤어진 뒤에 다시 만나는 일은 없을 거예요. 시의 도입에서 다시 만나도 서로 못 알아 볼, 이라고 하는 대신, "알아 못 볼"이라고 하는 것은 설령 이들이 우연히 마주

친다 하여도 반갑게 인사를 나누지는 않으리라는 이야기일 테니까요. 다시는 만날 일이 없다고 하더라도, 슬픈 사람들끼리는 서로 끌어안고 웃으면서 헤어져야 한다고, 그래야 마음이 편하다는 문장은 또 얼마나 쓸쓸하고 또 슬픈가요. 마음 편히 돌아갈 곳 없는 이들의 마음이 너무나 잘 느껴지는 대목입니다.

이처럼 시인에게 집은 그저 편안한 공간만은 아니었습니다. 집으로 돌아가야만 하는 저녁도 마음 편안한 시간은 아니었죠. 하지만 시인은 슬픈 사람이 자신의 슬픔을 이겨내기 위해 어떻게 해야 하는지 잘 알고 있던 것 같죠. 외로운 모란 한 송이의 이미지, 그리고 슬픈 사람들끼리의 저녁 식사, 그런 것들로 우리는 살아갈 수도 있는 겁니다. 집에 대해서라면 아마 다들 얼마든지 할 말이 있겠지요. 우리에게 집은 또 무엇일까요. 돌아갈 집을 생각하면 어떤 마음을 갖게 되시나요. 시인이 그리는 저 고독한 얼굴을 그려보며, 잠시 생각해볼 수도 있을 겁니다.

미리 본 결말

김
누
누

재가 죽을 거야

그러자 정말 재가 죽었다

죽은 재를 이제 어떻게 처리해야 하나
이제 재가 돼서 사라질 거야

라고 말하자 진짜 재가 되어 사라졌다

너 이거 봤어?
문이 열릴 거야

문이 열렸다
할아버지가 있었다

저 할아버지는 뭐지?
그러게 저 할아버지는 뭐야
너 이거 본 거 아니야?

할아버지
할아버지
여기 계시면 안 돼요 위험해요

여기 위험해?
너 여기 와 본 거 아니야?

할아버지
할아버지?
왜 갑자기 입을 벌리세요 할아버지

❖ 《착각물》, 파란, 2020.

스포일러
주의

―――

영화나 소설 등의 줄거리를 미리 알려주는 것을 스포일러라고 하죠. 가끔은 보고 싶던 영화를 스포일러 당해서 너무 분하다거나, 다른 내용인 척하면서 요새 한창 화제인 영화를 스포일러해 짜증 났다거나 하는 이야기를 종종 들을 수 있는데요. 줄거리를 미리 알고 나면 이야기의 감흥이 사라지니 영화를 좋아하는 사람이라면 당연히 스포일러에는 예민할 수밖에 없겠지요.

언제부터인가 우리는 스포일러에 더 예민해진 듯합니다. 아마 반전(反轉) 영화가 유행할 즈음인 것 같아요. '식스센스'라거나 '유주얼 서스펙트' 같은 영화들이 크게 흥행하면서 사람들 머릿속에 결말을 미리 알면 안 된다는 강박이 한층 더 강해진 거죠. 그전까지는 스포일러라는 말 자체가 널리 쓰이지 않은 것 같기도 하고요.

그런데 반전 영화의 유행과 스포일러에 민감한 분위기가 더해지면서 이야기를 즐길 때 결말의 향방에 더욱 주의를 기울이는 경향이 생긴 것 같습니다. 영화를 보면서 "그래서 주인공은 살아? 죽어?" 하는 질문을 던지는 식이죠. 그 탓인지 요새 유튜브 등에서 영화를 요약해서 보여주는 클립들이 많아졌죠. 저는 잘 모르겠어요. 이야기에서 줄거리와 결말은 당연히 중요하지만, 사실 그 둘을 파악한다고 해서 그 이야기를 모두 다 안다고 할 수는 없잖아요.

스포일러 관련해 일전에 재미있게 본 게시물이 생각나는데요. 누군가 영화 '괴물'에 나오는 괴물이 사실은 송강호의 부인이라는 거짓 스포일러에 속아 영화를 전혀 다른 방향으로 감상했다는 거였어요. 정반대의 예시긴 하지만 이 또한 결말을 미리 알고 보는 일이 영화를 즐기는 전혀 다른 방식이 될 수도 있다는 예가 될 수 있겠습니다.

저는 처음 보는 영화보다는 두 번째 본 영화가 대체로 더 좋았습니다. 이미 결말을 알고 있는 상태에서 인물들의 행동을 보면 영화에 대한 이해가 더욱 깊어지니까요. 이야기는 결말만큼이나 과정도 중요하죠. 게다가 영화는 줄거리가 전부는 아니잖아요. 시각적인 요소나 연출의 특성 같은 것도 줄거리와 동등하게 중요하고요.

김누누 시인의 시에서는 결말을 미리 아는 사람 이야기가 나옵니다. 영화 이야기는 아니에요. 어딘가 무서운 상황이 펼쳐지는 시예요. 이 시의 화자는 결말을 미리 알고 있는 사람입니다. 쟤가 죽을 거라고 말하면 정말로 그 사람은 죽고,

문이 열릴 거라고 하면 정말 문이 열리죠.

그런데 갑자기 화자가 알지 못하는 이야기가 펼쳐집니다. 문이 열렸는데 모르는 할아버지가 나오지요. 시의 화자는 할아버지에게 이곳에 계시면 위험하다고, 여기 있으면 안 된다고 말합니다. 하지만 할아버지는 갑자기 입을 벌리는데요. 그건 시의 화자가 모르는 미래였습니다. 그러고 그게 무엇인지 설명하지 않은 채로 시는 끝나버리죠.

저는 이 시가 우리 삶에 대한 이야기로 읽혔습니다. 인생에 드라마틱한 변화가 생기기는 쉽지 않잖아요. 가까운 미래의 내 모습이라면 얼마든지 상상할 수 있고, 또 그 상상과 현실이 크게 다르지 않은 경우도 많지요. 하지만 삶의 어느 순간, 우리의 예상을 벗어나는 일들이 벌어지기도 합니다. 이 시가 그리는 할아버지의 갑작스러운 등장처럼요. 그러니 우리는 이 시를 앞날이 뻔한 우리 삶에 대한 이야기이자, 동시에 그런 예측을 무너뜨리는 미래에 대한 이야기로도 읽을 수 있을 거예요.

할아버지가 대답 없이 입을 벌리는 모습은 저에게는 매우 강렬한 죽음의 이미지로 받아들여지는데요. 그렇다면 이 시가 '미리 본 결말'이란 나 자신의 죽음일지도 모르겠습니다. 모든 미래에 대한 예측이 끝나버리는 순간이자, 우리가 예측할 수 있는 마지막 미래가 바로 자신의 죽음일 테니까요.

우리 삶에 대한 가장 큰 스포일러를 우리는 이미 알고

있습니다. 스포일러를 당하면 영화를 보지 말아야 한다는 식의 태도라면, 우리 삶을 즐기는 일은 거의 불가능하겠지요. 오히려 스포일러를 당했기에 이야기를 더욱 깊게 바라볼 수 있듯이, '미리 본 결말' 덕에 우리는 우리의 삶을 더욱 깊게 사랑하고 이해할 수도 있을 겁니다.

유리창에의 매혹

김
행
숙

이 집에 자주 들르는 이유도 커다란 유리창 때문이라고 말했지. 망원경의 성능이 좋아질수록 밤하늘에 나타나는 별들도 많아지니까.

뭐? 우리 동네에 커피 전문점이 부쩍 많아진 이유가 커다란 유리창 때문이라고? 백 년 전 젊은이들에게 유리창은 모던하고 신비로운 물체였어. 세상의 모든 골목에서는 유리창을 깨뜨린 아이가 혼쭐나는 날들이 백 년 동안 반복되었지. 유리창은 있으나 없으나 똑같을 것 같은데.

똑같다고 말할 때, 너는 잠깐 이 세상에서 가장 순진한 얼굴이 되었다. 이 바보야, 이렇게 환한 커피 전문점에서 유리창이 밤을 밀어낼 때, 어둠은 거울 속처럼 너의 얼굴을 가져간다.

커피를 마시며 시험공부를 하고 있다. 이번엔 꼭 시험에 합격하여 공무원이 되었으면 좋겠다. 여섯 시 정각에 퇴근하는.

여기에 앉아 있으면 저녁 여섯 시 무렵부터 시작되는 마술을 볼 수 있지. 세상의 모든 커피 전문점 2층의 천장에 박힌 알전구들이 유리창 너머 허공 속으로 한 개씩 한 개씩 늘어서는…… 놀라운 광경을. 나는 저녁 여덟 시에 청색 하늘에 떠 있는 전구들을 바라보고 있으면…… 어쩐지 친구를 한 명씩 한 명씩 잃어버리고 있다는 생각이 들어. 유리창 너머에서.

사람들은 백 년 동안 한결같이 유리창을 사랑했다는 생각이 들어. 유리창을 통과하여 찻집으로 날아든 하얀 새를 보면서, 유리창이 가짜라고 생각하는 사람과 새가 가짜라고 생각하는 사람이 마주 앉아 커피를 홀짝거리고 있어.

❧ 《에코의 초상》, 문학과지성사, 2014.

유리창에
차고 슬픈 것이

———

제가 시를 읽고 처음으로 눈물 흘렸던 작품은 정지용의 〈유리창〉이었습니다. 참 이상하죠. 아이 잃은 슬픔을 노래하는 시는 중학생이던 제가 제가 경험적으로 몰입할 여지가 크지는 않았거든요. 하지만 좋은 시는 개인적인 경험을 초월하는 공감을 불러일으키니까요. 정지용의 시는 매우 선명하고 효과적인 이미지 활용을 보여줍니다. "유리에 차고 슬픈 것이 어려 있다"는 말부터 시작해서, "늬는 산새처럼 날아갔구나"라고 탄식하는 지점까지 정말 강렬하고 호사스러운 이미지의 향연이 펼쳐져요.

저는 아마 이미지가 가진 강한 힘에 설득되고 공감했던 모양이에요. 시를 읽으며 제가 떠올렸던 장면은 이런 거였어요. 어릴 적 부모님의 차를 타고 집으로 돌아오던 밤, 날이 추워서 유리창에 흐린 김이 끼어 있던 때, 흐린 창에 뺨이나 손을 대는 순간이요. 그때는 아무 생각 없었는데, 이상하게 시인이 그려 보이는 선명한 이미지가 기억에 겹치면서 시가 끝어내는 슬픔이 너무나 잘 전달되는 것이었습니다. 그때 시가 그리는 이미지의 힘을 처음으로 체감할 수 있었습니다.

유리창이라는 사물 자체가 흥미롭기도 하죠. 안과 밖을 나누는 경계면서, 동시에 안과 밖을 통하게 하는 사물이니까요. 그런 속성을 아주 분명하게 잘 드러낸 좋은 시가 바로 〈유리창〉입니다. 지금도 아마 많은 사람이 유리창에 머리를 기대거나 손가락으로 동그라미를 그리겠죠. 유리창 바깥 먼 풍경을 멍하니 바라보기도 할 테고요. 유리라는 사물에는 사람의 마음을 끄는 이상한 속성이 있는 것 같습니다.

김행숙 시인의 시도 이 유리창의 신비함을 매우 잘 짚어줍니다. 우리는 유리창의 시대에 살고 있다고 해도 틀린 말이 아닐 정도로, 유리창에 둘러싸인 채로 살아가고 있죠. 모든 게 뚫려 있으면서 사실은 완전히 틀어막힌 것이 유리창이고, 그건 현대인의 삶을 상징적으로 드러냅니다.

이 투명하면서도 닫혀 있는 세계에서 시의 화자는 공무원이 되기 위해 공부하고 있습니다. 그는 바깥이 훤히 보이는 큰 유리창이 있는 카페에 앉아 있죠. 밖으로 펼쳐지는 세계는 너무 아름답고, 저녁이 오면 온 도시에 불이 켜지며 세계의 모든 카페의 유리창에는 바깥 풍경과 전구알들이 겹쳐집니다. 세계의 모든 밤에 전구알들이 떠 있는, 환상적인 풍경이 만들어지는 거죠. 그렇게 제시된 환상 앞에서, 시의 화자는 유리창이 은폐하고 있는 저 너머의 세계, 더 나은 세계에 대한 꿈을 꿉니다. 한편으로는 저 유리창에 비친 전구들을 보고 있자면, 친구들을 하나씩 하나씩 잃고 있는 것 같다고 생각하는 거죠.

저는 가끔 종로나 강남을 걸으며 그런 생각을 해요. 전면이 유리창인 거대한 빌딩들을 보면서 세상에 사람들이 저렇게나 많다니, 다들 저 안에서 일을 하고 있다니…… 하는 생각이요. 그때 유리창은 자신의 내부를 훤히 드러내 보이는 거대한 장치이기도 합니다.

유리창은 정말 다양한 속성을 가진 사물입니다. 정지용에게 유리창은 슬픔을 이끌어내는 강렬하고 신비로운 사물이고, 김행숙의 유리창은 현대적인 삶 그 자체를 상징하는 것이기도 하죠. 유리창은 이처럼 수많은 상징과 은유를 거느리고 있습니다. 많은 사물이 각자 여러 뜻을 가졌지만, 유리창 정도로 많은 의미를 겹겹이 품은 사물은 그렇게 많지 않을 겁니다.

저에게 유리창은 그런 것이기도 해요. 거울이면서 외부인 것. 그러니까 나를 비추면서 동시에 타자를 비추는 사물인 거죠. 그렇게 본다면 유리창의 의미는 또 달라집니다. 여러분은 유리창을 보면 어떤 마음이, 어떤 생각이 드시나요? 거기에는 지금 무엇이 비치고, 또 무엇이 가려져 있나요?

주눅이 사라지는 방법

유
현
아

내 어깨엔 주눅이 붙어살아요
하루도 빼놓지 않고 어디에선가 귀신처럼 날아와요
깔깔 웃는 내 얼굴에도 가끔 주눅이 붙어요
자세히 보면 교복에도 얼룩처럼 붙어 있죠

거울 속 그림자처럼 나만 볼 수 있다면
주눅 같은 건 없다고 거짓말 칠 수 있는데
나만 빼고 다 보이나 봐요
어깨 가슴 쫙 펴고 다니라고
교복 신경 쓰지 말라고
땅바닥 보지 말고 정면만 보라고
말해 주는 내 친구 등에도 주눅이 붙어 있죠

학원 가는 길 신호등 옆
빨간 등이 켜질 때를 기다리며 내 친구는
가끔 이런 고함을 지르죠
흥, 칫, 뿡
친구 등짝을 후려치면

주눅이 신기루처럼 사라지기도 해요
하지만 그건 잠깐,
주눅은 또다시 내 친구 머리 꼭대기에서
룰루룰루 노래를 하죠

가끔 내 친구와 나는 주눅 든 책가방을
서로 바꿔 들기도 해요
그러면 주눅이 작아지는 느낌이 들어요
지금 친구와 나는
주눅이 사라지는 방법을 연구 중이에요

❧ 《주눅이 사라지는 방법》, 창비교육, 2020.

주눅이 사라지는 방법은
없을지도 모르지만

————

저는 제 교복이 부끄러웠어요. 그 시절에는 브랜드 교복을 입는 것이 매우 중요했거든요. 교복을 줄이거나 조금 변형을 해서 친구들하고는 다른 모습으로 다니는 것도 못지않게 중요했죠. 모두가 똑같은 교복을 입었으니 얼마나 같은지, 그리고 얼마나 다른지 하는 문제가 자존감에 큰 영향을 미쳤습니다.

제 교복은 브랜드 교복도 아니었고 교복을 수선할 엄두도 낼 수 없었습니다. 그런 것에 신경 쓰지 않는 아이였다면 상관없었을 테지만, 저는 또 남들 하는 거는 다 부럽고, 다 따라 하고 싶은 애였거든요. 가끔 친구들이 제게 "어, 너는 교복 무늬가 좀 다르네?" 무심코 물어보면 쥐구멍에라도 들어가고 싶었습니다. 친구들은 별 생각 없었을 텐데 말이에요.

자존감이 낮고 열등감은 많던 저는 끝없이 타인과 저를 비교하며 학교 생활을 했습니다. 시험 성적은 말할 것도 없었고, 누가 옷을 잘 입는다거나, 누구는 말을 재미있게 잘해서

인기가 좋다거나……. 그런 것을 생각하다 보면 세상 사람들 모두가 다 저보다 낫다는 생각에 괴로웠어요.

저에게 청소년기는 다른 사람들과 나의 차이를 끊임없이 실감하는 시절이었습니다. 남들이 가진 것을 부러워하며 왜 나에겐 그것이 없는지 스스로를 부끄러워하고 미워하는 시절이기도 했죠. 저는 운동도 잘하지 못했고, 빼빼 말라 힘도 없었어요. 그런 차이가 싫어 친구들과 어울리기보다는 혼자 책을 읽는 것을 좋아했습니다. 교실 구석에서 책을 읽으며 시간을 보내는, 반에 한 명씩 있던 아이가 저였습니다.

십대뿐 아니라 이십대 시절까지도 그랬습니다. 어쩜 사람들은 자기 삶의 한순간을 그토록 멋지게 연출할 수 있는 것인지, 친구들의 SNS를 보면서 자주 부러움을 느꼈지요. 친구들의 멋진 취향과 좋은 감각을 질투했고, 그런 것들을 가질 수 없었던 저의 환경을 비관하기도 했어요. 어린 시절 저의 마음은 열등감과 자기혐오, 거기에 비례하여 커져만 가는 인정 욕구로 가득했습니다. 작가가 되고 싶었던 것도, 좋은 문학 작품을 탐닉하듯 읽었던 것도 돌이켜보면 그런 인정 욕구에서 비롯된 것이었습니다.

어른이 된 지금 생각해보면 참 미숙했던 시절의 제가 안쓰럽게 여겨지기도 합니다. 늘 내가 갖지 않은 걸 생각하고, 내내 남들을 부러워하는 삶은 결국 자신을 괴롭히고 불행하게 만들 뿐이라는 걸 그때는 왜 몰랐을까요. 왜 자신을 괴롭히는 시간을 한참 보내고 나서야, 그나마 뭔가를 어렴풋이 알게 되는 걸까요.

유현아 시인의 시를 읽으면서 시의 화자가 참 부럽고 멋지다고 생각했습니다. 이 시의 화자는 자신의 어깨에는 주눅이 붙어 있다고 말합니다. 얼굴에도 가끔 주눅이 날아와 붙고, 자세히 보면 교복에도 주눅이 붙어 있다고 하죠. 제가 그러했고 많은 청소년이 그러하듯, 위축된 시절을 보내고 있던 겁니다. 그런데 이 시의 화자는 위축되었을지언정 자신을 미워하지는 않는 것 같습니다. 자신과 마찬가지로 등에 주눅이 붙은 친구가 곁에 있는 까닭입니다. 게다가 그 친구는 내가 주눅이 들어 고개 숙이고 있을 때, 땅만 보지 말고 앞을 보라고, 어깨를 펴라고, 교복 같은 것은 신경 쓰지 말라고 말해줍니다. 자신도 주눅이 붙어 있는데 말이에요.

이 시의 화자는 말하죠. 서로 등을 치거나 놀리며 같이 함께 시간을 보내는 동안 잠시나마 주눅이 사라진다고요. 가끔은 서로의 책가방을 바꿔 들며 서로의 고민을 나누기도 합니다. 그렇게 함께하면 주눅이 작아지는 느낌이 들죠.

주눅이 들고 부끄러워지는 마음은 고독하고 외로운 마음입니다. 세상에서 나 혼자만 다르다는 느낌, 그래서 어쩐지 나만 멀리 떨어져 있다는 느낌이 우리를 주눅 들게 합니다. 그렇기에 친구가 있을 때는 잠시나마 마음이 가벼워질 수 있는 거죠. 하지만 우리는 근본적으로 외로운 존재이기에 영영 주눅 들지 않을 수는 없습니다. 그 사실을 이 시도 너무 잘 알고 있기에, 사라졌나 싶었던 주눅은 다시 친구의 머리 위에 떠오르고야 말지요.

이 시의 말미에서는 친구와 함께 주눅이 사라지는 방법을 연구하고 있다고 말하는데요. 과연 그 연구는 성공할 수 있을까요? 결과는 알 수 없지만, 이것만은 분명히 말할 수 있습니다. 서로의 고민을 나누는 친구가 있기에 두 사람은 분명 타인의 외로움을 이해하고 자신의 부끄러움을 견딜 수 있는 훌륭한 어른이 될 수 있을 거라고요.

스물

윤
석
정

뭐든 아주 간절했던 스물 멋진 연애는 없었지만 어설프고 혹독한 낭만이 있었지 자취방 보증금을 잃어버렸다는 동기생이 내 단칸방으로 기어들어 왔고 한 달이 지나 그에게 방을 내주고 시가 술술 나올 것 같은 고즈넉한 방으로 이사했어

지극히 낭만적인 선배들은 후배들의 용돈을 모아 술을 마셨고 치기 아닌 치열을 원샷으로 가르쳤지 독설가 선배가 술자리마다 주량이 필력이라는 주정 아닌 주장을 했고 이전보다 말수와 주량이 늘어 갔지 시를 가까이할수록 시가 어려워졌던 나는 어떤 독설이라도 무조건 믿고 싶었어 늦은 밤 술자리가 끝나면 나는 나보다 더 비틀거렸던 골목에게 길을 내주고 주저앉곤 했지

서른 즈음인 선배가 내 자취방을 찾아와 술상을 차려 놓고 한두 잔 비우는데 그는 내 눈을 뚫어져라 쳐다보면서 네 시는 사랑이 없어, 말했지 어리둥절하고 먹먹했고 부끄러웠어 멋진 연애라도 해야 할까요, 묻지 않았어 시가, 사

랑이, 사랑이 있는 시가 뭔지 모르겠고 막막했고 죄책감
이 생겼어 시를, 사랑을 모호한 낭만으로 치환했던 게 막
연히 간절했던 최악 아닌 죄악 같았지

❖ 《누가 우리의 안부를 묻지 않더라도》, 걷는사람, 2021.

스물은 이제
아득하게 멀지만

———

　가끔은 저의 스무 살을 되새겨봅니다. 스물은 참 상징적인 나이잖아요. 어린 시절을 벗어나 비로소 인생에서 가장 젊은 시절을 맞는 때죠. 하지만 저의 스물은 여러 매체에서 그리는 모습처럼 마냥 아름답지는 않았습니다. 열등감과 자기혐오, 인정 욕구와 질투, 불안……. 이런 것들이 저의 스무 살을 이루는 키워드들이었어요.

　문예창작과에 다니면서 시를 열심히 쓰기 시작한 것이 저의 스물이기도 합니다. 대학에 들어가서야 처음으로 현대시를 만났고, 교과서에 실려 있던 시들과는 전혀 다른 감각과 아름다움을 지닌 세계가 있다는 것을 알았습니다. 시에 빠져들고 시를 사랑하게 된 것이 저의 스물이었죠.

　하지만 사랑을 막 시작한 이의 애달픔과 성급함으로 허둥대는 것이 저의 스물이기도 했습니다. 나에게 시의 재능이 있는지 내내 의심하고, 다른 이들의 성취를 보면서 질투심을 느끼고, 작은 성취와 실패에 일희일비하는 나날을 보냈죠. 참으로 속 시끄러운 시절이었다고 할 수 있겠습니다.

다른 이의 스물 역시 비슷하리라 생각합니다. 마냥 아름답고 젊으며, 무엇이든 할 수 있고, 미래에 대한 희망으로 가득 찬 스물은 드물 것입니다. 스물은 준비되지 않은 채로 어른이 되었다는 데서 오는 불안으로 고통받는 시절이니까요. 그러나 스물은 젊은이 특유의 막연한 희망과 낙관으로 그 고통을 뚫고 나가는 시절이기도 할 것입니다. 저도 그랬어요. 그렇게나 불안을 느끼고 자신을 미워했으면서도, 어떻게든 내가 더 나아질 수 있으리라 믿으며 살아갈 수 있었으니까요. 그건 정말로 어느 한 시절에만 주어지는 특권일 겁니다.

윤석정 시인의 시 〈스물〉을 읽으면서 저의 스무 살을 떠올렸습니다. 넉넉하지 않고 어리숙하던 그 시절, 대단하고 똑똑해 보이는 선배들(지금 생각해보면 다들 겨우 스물서너 살이었을 뿐이지만, 한편으로 그 시절은 그 몇 년 사이에 정말 많은 성장을 할 수 있는 시절이기도 했습니다), 사랑에 대한 막연한 동경과 기대, 도무지 무엇인지 알 수 없는 문학과 그렇기에 더욱 불타오르던 문학에 대한 열정이 모두 나타나는 시입니다.

한 선배는 말하죠. 네 시에는 사랑이 없다고요. 아마 그 선배도 뭘 알고 하는 말은 아니었을 겁니다. 그저 취기가 올라 정확하지 않은 말을 할 용기가 있던 거겠죠. 하지만 그 부정확함이야말로 젊은 시절의 사유를 구성하는 중요한 힘이기도 합니다. 정확하고 논리적인 사유가 아니어서, 어긋나고

엉성하기에 오히려 가능한 열량이 있습니다. 젊은 시절은 바로 그런 뜨거움을 연료 삼아 움직이는 법이니까요.

그렇기에 시의 화자는 선배의 뭔지 모를 소리를 곱씹습니다. 사랑이 무엇인지, 시가 무엇인지 그리고 사랑이 있는 시가 무엇인지 도무지 알 수 없는 가운데, 그 막연함 속에서 묘한 죄책감을 느낍니다. 저는 이 대목에 스무 살의 정서가 모두 들어 있다고 생각했어요. 저 또한 삶이 무엇이고 문학이 무엇인지도 모르겠고, 그런 것도 모르는 채로 막연하게 문학을 하는 삶을 꿈꾸는 저 자신이 한없이 부끄러웠거든요. 그 부끄러움은 문학에 대한 죄책감으로 이어지기도 했습니다.

사랑이 무엇인지 모르기에 할 수 있는 사랑에 대한 생각이 있고, 문학이 무엇인지 알고 싶어 겨우 도달할 수 있는 생각이 있다는 이야깁니다. 물론 시간이 지나면 그 생각은 모순덩어리에 어딘가 어긋나 있었다는 걸 알아차릴 테지만, 그걸 알 수 있게 된 것 또한 스무 살의 사유가 있었기 때문입니다.

이십대 초반 제가 썼던 글들을 다시 들춰 보면 지금의 저는 도무지 떠올릴 수 없는 문장들이 적혀 있습니다. 삼십대 후반이 된 지금, 저는 그 시절보다 더 나은 사람이 되었다고 말할 수 있을까요? 그렇게 말하기는 어려울지도 모르겠군요. 다만 스무 살 무렵 적었던 문장들이 있었기에 지금 쓸 수 있는 문장이 있노라 말할 수 있을 따름입니다.

스물이라는 나이를 훌쩍 지나와버린 지금, 문학에 대해 조금은 그럴듯한 말을 꺼낼 수 있게 됐는데요. 저 시절의 불안과 부끄러움이 있어서 짧은 말이라도 얹을 수 있게 된 듯합니다. 여러분은 스물, 그 불안의 시절을 어떻게 견디셨나요? 혹은 어떻게 통과할 생각인가요? '어떻게'는 썩 중요한 문제가 아닐지도 모르겠습니다. 중요한 건 우리 모두 빠짐없이 삶에 가장 중요하고 소중한 순간을 통과해야 한다는 사실, 그 자체일 겁니다.

시와 입술

고
명
재

당시 셔츠의 소매가 곱게 사각거릴 때
어쩌면 우리는 튀김일지도 모른다는 생각
명재씨, 부르는데 입을 맞출 뻔
번들거리는 입술로 순간 환해져버릴 뻔

눈귀코로 사랑이 바글대고 있는데
솟고 싶다 헤엄치고 싶다 비 맞고 싶어
기름은 씨를 꾹꾹 짜낸 빛이라서요

좋은 튀김은 아침볕과 색이 같다고
늙은 조리사는 손등을 보여주었다
안이 다 비치지요?
여름옷처럼
얇은 튀김옷으로 우린 갈아입고서

그렇게 커튼을 손목과 강을
시와 입술을
반투명하게 읽고 반쯤 사랑해버리고

자꾸만 솟는 사랑의 은유를 젓가락으로 누르며
우리는 온갖 기름진 말을 나누는 것인데

참기름: 한국에선 가장 참된 것
모든 요리의 마무리로 금박을 입히죠
카놀라유: 유채 꽃씨를 힘껏 짜낸 것
꽃이 될 뻔했던 씨의 땀이었다니
그래서 호박이 이렇게 밝고 고소한가요

올리브유: 올리버올리버올리버올리버
당신의 이름을 연거푸 말하면 여름이 불타고
해바라기유: 맥주를 따르며 웃는 걸 본다
개기름: 눈길만으로 불이 붙을 때

입술이 옴짝달싹 기름을 바르고 리듬을 입고 마음을
업고 무릎은 꿇고
미강유: 아름다움에 대해 강하게 말하자

쌀눈유처럼 사랑의 눈을 번쩍 뜬 채로
몰라유: 전라도로 여행 갈래요

사랑을 해야지 심장을 구하자 기름 속에서
작약이 모란이 겹벚꽃이 흐드러지는데
늙은 조리사가 살짝 윙크를 한다
마음속 깊이 두 손을 감으면 별들이 튀고
너무 익으면 날 수도 있어 장대를 다오!
튀김기 속에서 새우들이 솟아오른다

❦ 《우리가 키스할 때 눈을 감는 건》, 문학동네, 2022.

당신 입술에 묻은
시를 보며

———

더운 여름일수록 음식이 참 중요하죠. 지치기 쉬운 여름에는 기력을 채워줄 보양 음식이 필요하니까요. 저는 더울수록 입맛이 없어져 한여름에는 차갑고 시원한 음식을 찾아 먹습니다. 냉면, 콩국수, 냉라멘, 냉우동 등등 여름은 시원한 면 요리의 계절이니 그런 음식들을 거의 주식처럼 먹고는 합니다. 하지만 차가운 음식만으로는 보양이 될지 조금 걱정이 들기도 하죠. 그래서 저는 시원한 면 요리에 튀김을 함께 먹고는 합니다. 따뜻한 튀김이 속을 좀 데워줄 거라 믿으면서요.

고명재 시인의 〈시와 입술〉에도 여름날에 먹는 따뜻한 튀김이 나오는데요. 세상에, 이렇게 기름진 시는 살면서 처음 읽었습니다. 당신의 사각거리는 옷자락도 얇은 튀김옷 같다고 말하고, 튀김을 먹는 당신의 입술이 빛을 받아 반짝거린다고 고백하는 그 순간, 사랑은 배부른 것이 되네요. 풍족하고 기름져서 아주 넉넉한 것이 되어버리네요.

사랑이 이토록 풍요롭다는 사실을 이 시를 읽으며 새삼

깨닫게 되었습니다. 정말 그렇습니다. 사랑할 때 우리의 마음은 가득 차오르고, 가득 차오른 우리의 마음에는 싹이 트고 꽃이 피어나는 법이니까요. 안이 비치는 얇은 튀김옷처럼, 넘쳐나는 사랑 또한 숨길 길이 없습니다.

이 시의 제목이 '시와 입술'인 까닭은 시도 입술도 숨길수 없는 사랑의 흔적 그 자체이기 때문일 겁니다. 입술에 묻은 그 기름진 사랑의 흔적들, 숨기지 못하고 솟아오르는 사랑의 은유들, 당신과 함께하면 내 안의 모든 게 다 비쳐 보이는 거예요. 여러 기름진 말이 솟아나는 것도 어쩔 수 없는 일입니다. 사랑하니까, 사랑이 너무 넘치니까. 먹다 보면 온갖곳에 기름이 묻는 것을 피할 수 없듯이, 넘쳐나는 그 사랑은모든 데서 빛나고 있습니다. 참기름, 올리브유, 카놀라유, 해바라기유와 개기름……. 넘쳐나는 사랑은 다양한 기름의 모습으로 펼쳐집니다. 그러다 "몰라유"까지 가버리고 나면, 사랑이 얼마나 넘치기에 이렇게 흥겨운 마음일까, 생각하게 됩니다. 여름날의 뜨거운 사랑을 이렇게 귀엽고 능청스럽게 그려내는 시는 또 얼마나 귀한 것인지요.

시인의 또 다른 여름날 먹거리 시라 할 수 있을 〈사랑을 줘야지 헛물을 켜야지〉에서도 입술은 번들거리고 있습니다. 무더운 여름, 일하느라 고생하는 어머니를 데리고 콩국수를 먹으러 가는 시인데요. 아니 세상에, 이렇게 콩국수를 먹고 싶게 하는 시는 또 처음입니다. 콩은 백사장 같고, 면발은 아기 손가락처럼 말캉거리고, 오이고추는 섬덕섬덕하고, 국수를 먹을 때면 푸르륵 말이 달리고, 금빛 폭포가 치솟는다고 말하는 이 시의 풍요로운 감각이 아주 인상적이지요.

이렇게까지 감각적인 풍요로움을 전할 수 있는 것은 이 시가 그리는 상황이 몸과 마음 모두 넉넉해지는 순간이기 때문일 것입니다. 무덥고 버거운 일상을 잠시 중단하고, 국수 한 그릇에 얼굴을 마주하는 그 순간 또한 넘쳐나는 사랑의 순간입니다. 영원히 해갈되지 않는 어머니라는 갈증, 어머니에게 품는 그 복잡한 마음들도 콩국수를 먹는 이 순간만은 터져 오르는 감각들과 더불어 잠시나마 잊히는 것입니다. 이 시에서도 입술에는 윤기가 돈다고 시인은 말하고요. 시인은 그렇게 윤기가 도는 입술로 사랑을 하리라고, 그것이 설령 헛물켜는 일에 불과하다고 하더라도 이 사랑을 계속 줄 것이라고 다짐을 합니다. 먹고 돌아서면 금세 배가 꺼진다고 하더라도, 결국 언젠가 우리가 슬퍼진다고 하더라도, 이 사랑을 멈출 수는 없고, 식사를 그만둘 수도 없는 것입니다.

고명재 시인의 시에서 정말 중요한 점은 음식을 누군가와 함께 먹고 있다는 사실입니다. 함께 밥을 먹으면, 우리는 보다 친밀해집니다. 친밀한 사이가 아니라면 함께 밥을 먹는 일이 어색하고 괴롭기도 하죠. 사장님, 부장님과 식사를 한다면 너무 불편해서 체해버릴 수도 있을 겁니다. 반면에 가까워지고 싶은 사람이라면 우리는 함께 식사라도 하지 않겠느냐고 말을 건넵니다. 함께 맛있는 음식을 나누며 두 사람은 더 깊은 마음을 나눌 수도 있을 거예요. 시에서도 마찬가지로 연인과 음식을 나누며 사랑을 나누고요. 다른 시에서는 맛있는 콩국수를 먹으며 어머니와 마음을 주고받습니다. 이렇듯 음식을 나누는 일은 사랑을 나누는 일이 될 수도 있습니다.

김수영 시인은 사랑의 음식은 사랑이라고 말하기도 했는데요. 사랑과 음식은 이렇게나 가까이 있는 것이군요. 사랑도 음식도 입술을 통하지 않으면 안 된다는 점에서 참 닮았습니다. 사랑이 닿고, 음식이 닿으면 입술은 번들거리게 되고, 그렇군요. 우리는 그 번들거리는 입술로 입을 맞출 수도 있겠습니다. 여기서 소개한 두 편의 시가 실린 시집의 제목이 '우리가 키스할 때 눈을 감는 건'인 것도 그런 맥락에서 생각해볼 수 있을 겁니다.

여름

민
구

여름을 그리려면 종이가 필요해

종이는 물에 녹지 않아야 하고
상상하는 것보다 크거나
훨씬 작을 수도 있다

너무 큰 해변은 완성되지 않는다
너무 아름다운 해변은
액자에 걸면 가져가버린다

당신이 조금 느리고
천천히 말하는 사람이라면
하나 남은 검은색 파스텔로
아무도 오지 않는 바다를 그리자

당신의 여름이 기분이거나
기억에서 지우고 싶은 여행지라면
시원한 문장을 골라서 글로 쓸 수 있는데

여름이 오려면 당신이 필요하다
모두가 숙소로 돌아간 뒤에
당신이 나를 기다린다면 좋겠다

파도가 치고 있다
누군가는 고래를 보았다며 사진을 찍거나
주머니에서 만년필을 꺼내겠지만

고래는 너무 커서 밑그림을 그릴 수 없고
모래는 너무 작아서 부끄러움을 가릴 수 없다

바다가 보이는 방에서 두 사람을 기다린다
그들이 오면 여름은 지나가고
방문을 열면 해변이 사라져서
나는 아무것도 못 그리겠지

그래도 당신과

오리발을 신고 있겠지

❧ 《당신이 오려면 여름이 필요해》, 아침달, 2021.

여름의
기억들

———

여름을 그다지 좋아하지는 않습니다. 너무 덥고, 너무 습하고, 비가 너무 많이 오잖아요. 발이 젖는 것을 싫어하는 저로서는 아주 고역입니다. 더위에도 너무 약한 저로서는 여름 같은 것은 없는 편이 낫다고 생각할 정도였어요. 여름의 기후 자체는 좋아할 구석이 없습니다.

그런데도 여름에 대한 기억은 이상할 만치 참 강렬하죠. 우리는 여름을 추억할 때 '너무'라는 말을 자주 사용합니다. 그 여름은 너무 더웠어, 비가 너무 많이 내렸어, 그때 너무 재미있었지, 바다에는 사람이 너무 많았어⋯⋯. 저에게 여름은 너무의 계절이에요. 미칠 듯한 에너지가 끓어오르는 계절, 모든 것이 과잉되어 있어서 터져버릴 것만 같은 계절, 그것이 여름입니다.

여름에는 아련하고 덧없는 느낌도 있죠. 그건 여름이 가진 강렬함이 너무나 비현실적이고 비일상적이기 때문일 겁니다. 너무 강렬해서 오히려 실감하기 어려운 것이 여름인 거죠.

저에게 여름은 필름이 빛에 노출되어 새하얗게 인화된 사진처럼 느껴집니다.

제가 가진 여름의 기억들 또한 대개 한 장의 사진으로, 짧고 강렬한 인상으로 이루어져 있습니다. 뜨겁게 달궈진 운동장 한가운데 서 있는 순간, 차가운 계곡물에 발을 담갔을 때 도는 소름, 교복 사이로 불어오는 한줄기 바람, 이런 것들이 저의 여름 이미지입니다. 여름을 좋아하지 않으면서도 여름의 이미지들은 아주 선명하죠.

여름을 좋아하지 않으면서 여름 시를 많이 썼던 것도 그런 까닭일 겁니다. 여름을 좋아했다면 오히려 여름 시를 쓰지는 않았을 것 같습니다. 한없이 비현실적이고, 하염없이 멀게 느껴졌기에, 좋아하기는커녕 오히려 싫어하는 편이었기에 여름을 배경으로 하는 시를 잔뜩 쓴 것일지도 모르겠습니다. 시는 가까운 것보다는 멀리 있는 것을 더 잘 다루는 양식이거든요.

'여름이었다'라는 짧은 말을 어디에 붙이든 아련해진다는 말이 있었죠. 여름이 품고 있는 그 일회성 강렬함, 돌이킬 수 없는 청춘, 미숙함, 끓어오르는 정서들이 워낙 강렬하기 때문일 겁니다. 요즘의 많은 시인들이 여름을 자주 다루는 것도 그런 까닭일 겁니다.

민구 시인의 〈여름〉은 여름을 상상하는 시입니다. 여름을 그리려면 종이가 필요해. 시의 첫 문장이 이 시가 여름을 상상하고 그려나가리라는 것을 선언하죠. 시인은 거대하고 아름다운 해변을 그리지 않습니다. 그건 '나의 여름'이라고 하기에는 어울리지 않지요.

시인은 나만을 위한 여름이 무엇인지 천천히 고민합니다. 혼자 있는 것이 편한 사람이라면 검은색 파스텔로 아무도 오지 않는 바다를 그리고, 여름이 어떤 기분이나 여행지와 관련된 것이라면 그것을 떠올리는 시원한 문장을 써나가면 되는 것이라고 말하며 시인은 여름의 이미지를 여러모로 궁리합니다.

시의 화자는 여기서 아주 중요한 한마디를 던지죠. 여름이 오기 위해서는 당신이 필요하다고요. 시인이 생각하는 '나의 여름'이란 당신과 함께하는 여름입니다. 그리고 시인이 여름을 상상하는 까닭은 아마 당신과 함께할 수 없기 때문이겠죠. 강렬한 여름, 모든 감각이 폭발할 것처럼 넘쳐나는 여름이 이 시에서는 조용하고 멈춰 있는 정물처럼 느껴지는 것은 시인이 그리는 여름이 불가능한 여름이고, 부재의 여름이기 때문입니다.

시의 화자가 그린 바다가 보이는 방은 두 사람이 오기를 기다리고 있습니다. 당신이 온다면, 그리하여 두 사람이 될 수 있다면 여름은 지나가고 해변이 사라져버릴 거라고 말하는데요. 그렇죠. 당신과 함께한다면, 당신과 함께하는 여름을 상상할 필요는 없습니다. 당신과 내가 오리발을 신고

바다에 뛰어들면 그만이겠죠. 당신을 그리는 시가 필요 없어
지는 순간을 꿈꾸며 시는 끝을 맺습니다.

저는 이 시가 보여주는 담백하고 쓸쓸한 분위기가 좋
습니다. 쓸쓸한 시이면서도 동시에 따뜻한 정서가 있다는 점
이 특히 좋습니다. 저는 이렇게 따뜻하고 다정한 여름을 상
상할 수 없거든요. 우리에겐 각자 다른 여름 이미지가 있을
겁니다. 여름은 어떤 계절이라고 말하기 어려울 정도로 많은
기억과 감정이 넘쳐나는 계절이니까요. 누구나 시인처럼 나
의 여름을 잠시 그려볼 수도 있겠습니다. 그 여름에는 누가
필요한가요. 그것을 그리고 그리워하는 일까지 여름일 것입
니다.

상추

박
소
란

퇴근길에 상추를 산다
야채를 먹어보려고
좀 건강해지려고

슈퍼에서 한봉지 천오백원
회원 가입을 하고 포인트를 적립한다
남들처럼 잘 살아보려고

어떤 이는 화분에 상추를 기른다는데
아 예뻐라 정성으로 물을 주면서

때가 되면 그것을 솎아 먹겠지

상추를 먹으면
단잠에 들 수 있다는데
상추가 피를 맑게 한다는데

나는 건강해질 것인가

상추로 인해
행복해질 것인가

밥을 데운다

냉장고에서 묵은 쌈장을 끄집어낸다
상추가 포장된 비닐을 사정없이 찢는다
찢은 비닐을 쓰레기통에 내동댕이치는 나는
행복해질 것인가

상추는 나를 사랑할 것인가

✤ 《한 사람의 닫힌 문》, 창비, 2019.

쌈 채소는
너무나 다양하고

———

저는 쌈을 참 좋아합니다. 고기를 좋아하지만 그냥 고
기만 먹어서는 좀처럼 맛이 나질 않습니다. 특히 삼겹살 같은
구운 고기나 수육은 더 그렇죠. 담백하고 고소한 고기에 싱
그러운 쌈 채소가 더해지면 얼마든지 음식이 입에 들어갈 것
만 같습니다. 그래서 쌈밥집이나 보쌈집에 가면 긴장하게 되
는데요. 신나서 정신없이 먹다가 과식으로 고생하기 일쑤여서
그렇습니다. 평소에는 음식을 많이 먹는 편이 아니지만 좋아
하는 음식이 있으면 또 배가 부른 줄도 모르고 먹거든요.

쌈은 참 다양하게 즐길 수 있습니다. 달콤한 배추 위에
수육을 올려 먹어도 좋고, 상추와 깻잎에 잘 구운 고기를 얹
어 먹어도 행복해지죠. 쌈밥집에 가면 싱그럽고 씁쓸하고 향
긋한, 그 다종다양한 쌈 채소들 덕분에 기분마저 좋아집니
다. 당귀도 케일도 치커리도 모두 맛있습니다. 맛만 좋은 것
도 아니죠. 채소는 몸에 좋으니까요. 그래서 저는 쌈을 먹는
날이면 더 건강해진 느낌이 들기도 합니다. 그러다 과식하는

거죠.

어릴 적에는 채소가 싫었어요. 다들 그렇죠? 채소가 먹기 싫다고 어머니와 한참 실랑이를 벌이는 일도 많았을 테고, 반찬 투정을 하다가 혼나기도 했을 겁니다. 저는 자주 그랬어요. 이상하게 나이를 먹을수록 채소가 맛있어지고, 갑자기 나물이 생각나서 견딜 수 없는 날이 찾아집니다. 몸은 몸에 필요한 음식을 찾는다고 하니까요. 아마 나이를 먹으며 채소가 주는 영양분이 필요해지는 것일지도 모르겠습니다.

어른이 된다는 건 채소에 익숙해지는 일이기도 합니다. 가끔 자신을 가리켜 '애기 입맛'이라고 말하며 겸연쩍어하는 어른을 보기도 하는데요. 우리나라에는 성인이 되고도 채소의 맛을 모르면 어른이 덜됐다고 여기는 풍조가 있죠. 어른스러운 것, 어른이 되면 갖춰야 할 것이 많기도 합니다. 입맛까지도 어른 입맛이어야 한다니, 보통 피곤한 일이 아닙니다. 물론 채소는 몸에 좋은 것이지만, 그렇다고 어른이라면 모두 좋아해야만 하는 것은 아니잖아요.

박소란 시인의 〈상추〉는 그런 어른으로서 삶을 생각해보는 시입니다. 이 시는 퇴근길 마트에 들러 상추를 사는 장면으로 시작합니다. 그리고 덧붙이죠. 야채를 좀 먹고 건강해지려고 한다고요. 그 와중에 천오백 원짜리 상추를 사면서 회원 가입도 하고 포인트 적립도 합니다. 그리고 또 덧붙여요. 남들처럼 잘 살아보려 한다고요.

건강도 챙겨야 하고 돈도 많아야 하고, 어른으로 잘 살아가기 위해서는 해야 할 것들이 참 많습니다. 그뿐인가요. 어떤 부지런한 사람들은 텃밭에 상추를 직접 키워 먹기도 한답니다. 부지런히 정성스레 물을 주고, 때가 되면 솎아 먹으면서 건강을 챙기고 채소값도 아끼는 거죠. 시인은 생각합니다. 과연 나는 건강해질까. 상추를 통해서 행복해질 수 있을까. 상추 하나를 사면서 우리 삶에 부과되는 여러 짐들을 생각해보는 겁니다.

지친 채로 돌아오는 퇴근길에마저 우리는 우리의 건강과 경제를 생각하며 상추를 고릅니다. 물론 상추 하나로 건강해지는 일은 없을 테고, 부자가 되는 일은 더더욱 없을 겁니다. 다만 우리를 짓누르는 수많은 압박감을 사소한 상추 하나를 통해 절실하게 느낄 뿐이죠. 그럼에도 우리는 살아야만 하고, 그러니 밥을 먹어야 하고, 밥을 먹기 위해 밥도 데워야 하고, 쌈장도 꺼내야 하고, 상추가 담긴 비닐은 찢어야 하고……. 그러니 결국 이렇게 뭔가에 지치고 화가 날 수밖에 없는 것일 테고요.

시의 마지막 구절이 그래서 참 마음에 아프게 와닿습니다. "상추는 나를 사랑할 것인가"라는 문장이요. '는'이라는 조사에서 이 시의 화자가 스스로를 사랑받지 못한다고 생각한다는 사실이 드러나니까요. 이 시의 화자가 이토록 지쳐 있는 게 이해되는 대목입니다.

우리는 이렇게 언제나 고독하고 쓸쓸하게 어른으로 살아가기 위해 애쓰고 있습니다. 여기에는 어떤 보상이 따르지도 않아요. 그저 따르지 못하면, 애기 입맛을 가진 어른 취급을 당할 뿐이죠. 그런데도 우리는 아등바등 애를 써야만 합니다. 작은 상추 하나에 화를 내는 자신에게 또 스스로 부끄러움을 느껴가면서요.

그렇다 하더라도 상추는 죄가 없습니다. 그저 스스로 지치고 나 자신에게 화가 나는 날이 있는 거죠. 그럼에도 우리가 계속 살아가는 것은 여전히 우리 삶에 살아갈 만한 이유가 있기 때문일 것입니다. 그런 이유를 믿으며, 상추 하나가 주는 작은 기쁨과 즐거움을 느끼며 살아가면 그것도 괜찮겠다, 생각합니다.

두부 먹는 밤

곽재구

두부를 먹자
하얗고 순결한 조선의 마음을 먹자
두부는 조선의 밥상 위에 가지런하다
심청도 춘향도 두부 앞에서 가슴이 설렌다
두부 속 마을에 수궁가도 있고 사랑가도 있다
두부 속 꽃 핀 산골 마가리에 해월도 봉준도 산다
두부 속 녹두꽃밭에 파랑새가 종일 노래한다

막걸리 한병 두부 접시 앞에 두고
통일이 대박이라고 말하는 이가 있다
통일이 쪽박이라고 말하는 이가 있다
흥부네 초가집 담장에 박씨 하나
뿌린 적 없는 잡놈들이 박 타령을 한다

두부는 말이 없다
뚜벅뚜벅 주모의 칼질에 베일 때도
펄펄 끓는 동태탕에 들어가서도
신음 한번 내지 않는다

두부를 먹자

두부를 먹고
순교하는 조선의 마음이 되자

❖ 《꽃으로 엮은 방패》, 창비, 2021.

두부는
희고 맛나서

———

    가장 좋아하는 음식이 뭐냐는 질문이 어렵습니다. 먹는 낙이 사는 낙인 저로서는 딱 하나 좋아하는 음식을 고르기가 쉽지 않거든요. 좋아하는 음식이 따로 있다기보다는 좋은 재료로 잘 조리한 음식을 먹는 것이 좋다고 말하긴 하지만, 뭔가 부족한 답변이죠. 대신 매일 먹어도 질리지 않을 음식을 고르라면 저는 두부를 고르겠습니다. 조금 넓혀서는 콩으로 만든 요리라고 답할 것 같아요. 언젠가부터 저는 정말 두부와 콩 요리에 진심인 사람이 되어버렸습니다.

    두부는 다양하게 활용할 수 있습니다. 맛있는 두부는 그저 간장만 찍어 먹어도 기분이 좋고, 보쌈을 먹을 때 함께 먹으면 그 풍미가 살고요. 국물 요리에도 두부를 넣으면 그 고소하고 부드러운 두부가 국물을 잘 흡수해서 아주 맛이 좋습니다. 게다가 두부 자체도 그 종류가 참 다양하죠. 두부 요리만 평생 먹으라고 해도 저는 아주 기쁘게 먹을 수 있을 것 같습니다.

어릴 적에는 어머니가 해주신 두부간장조림을 먹으면서 평생 이것만 먹어도 좋겠다고 생각했습니다. 두부를 썰어서 부친 후에, 그걸 다시 양념에 졸이면 완성이니 비교적 손이 많이 가지 않는지라 바쁜 어머니가 자주 해주셨거든요. 저는 그게 참 좋았어요. 그 짭짤함도, 부드러움도 모두 행복해지는 맛이었습니다. 그러고 보니 간장도 콩으로 만드는 거였죠. 두부와 간장이 잘 어울리는 건 다 이유가 있는 거였네요. 아무튼 그런 기억 탓에 저의 소울푸드는 두부간장조림이라고 할 만합니다.

어린 시절 살던 동네에 손두붓집이 있었는데요. 시시때때로 하얀 김이 모락모락 피어오르고, 고소한 향이 은은하게 퍼져서 그 앞을 지날 때마다 설렜습니다. 가끔은 어머니가 두부를 사 오라고 심부름을 시키기도 했어요. 그날은 두부를 먹을 생각에 신나서 가게까지 뛰어가고는 했죠.

두부에는 참 많은 시간이 얽혀 있습니다. 많은 분이 두부에 대한 기억 한두 가지는 있지 않을까 합니다. 워낙 우리 삶과 가까운 음식이니까요. 하다못해 영화나 드라마에서 등장인물이 교도소를 출소하며 두부를 먹는 장면이라도 본 기억이 있을 테고요. 그 희고 깨끗한 두부를 먹으며 지난 시간을 잊기를, 혹은 잊지 않기를 다짐하는 장면을 보면 어쩐지 정말 두부를 먹으면 두부처럼 희고 깨끗해질 수도 있겠다는 생각이 들기도 합니다.

곽재구 시인의 시 〈두부 먹는 밤〉도 그처럼 두부에 얽힌 시간과 사람들을 돌아보고 있습니다. 시인은 말하죠. 두부는 하얗고 순결한 조선의 마음이라고요. 두부라는 음식에 깃든 그 순백의 부드러운 정서를 환기하는 말이기도 하고, 동시에 그 두부와 같은 마음이 오래전부터 이 땅에 살아온 이들에게 있음을 환기하는 대목이기도 합니다.

그래서 흰 두부는 심청과 춘향의 맑은 마음을 뜻하는 한편, 두부의 내력에는 수궁가와 사랑가와 같은, 옛사람들의 정서가 깊이 담겨 있습니다. 그 두부의 네모난 모양 안에 해학을 즐기던 사람들의 마음이, 그리고 변치 않는 사랑의 마음이 담겨 있다는 거죠.

시는 더 나아가 두부를 통해 우리 역사를 살피기도 합니다. 두부 속 꽃핀 산골 마가리라는 대목은 산속 마가리에 집 짓고 살자던 백석을 떠오르게 하고, 그 마가리에 사는 해월과 봉준 그리고 녹두꽃밭의 파란 새들은 우리 역사의 동학농민운동과 연결되는 겁니다. 이렇게 시인은 두부라는 사물을 통해 그야말로 조선의 마음을 돌아보고 있습니다. 저는 두부를 보면 맛있겠다는 생각밖에 하지 못하는데, 사물을 대하는 상상력의 깊이가 남다르게 느껴지기도 합니다.

시 속에서 사람들은 두부를 앞에 놓고 술을 마시며 우리 사회와 정치 이야기를 나누기도 하는데요. 시인은 그 정신없는 왈가왈부 속에서도 침묵을 이어가는 두부에 집중합니다. 그러면서 말하죠. 두부를 먹자고, 두부를 먹고 순교하는 조선의 마음이 되자고요. 긴 역사를 이어 온 우리나라에 대한 많은 생각과 마음들을 그렇게 두부 한 모에 고스란히 담아내면서 시는 끝을 맺는 겁니다.

　우리 주변의 수많은 사물은 이처럼 많은 시간을, 내력을 품고 있습니다. 개인의 삶부터 역사의 흔적까지 모두 거느리는 거죠. 시는 두부 한 모를 통해 이렇게 우리 삶을 돌아봅니다. 꼭 두부만의 이야기는 아니죠. 영국의 비평가 테리 이글턴은 시는 사물을 제대로 바라봄으로써 그 사물을 제대로 활용할 수 있게 한다고 말했는데요. 이처럼 시를 통해 우리 주변의 수많은 사물의 내면을 헤아리며 그 사물의 특별함과 아름다움을 바라볼 수 있다면 분명 우리의 삶은 더욱 깊어질 수 있을 겁니다.

노老시인의 이사

-10년 전을 기리며

곧 퇴임하실 노시인 선생님이 오늘 연구실 짐을 작업실로 옮겨 가신다고 포장 이사 업체를 불렀습니다.

백발 선생님은 책을 꺼내고 일꾼들은 책을 싣고 우린 뭘 할까 하다 책장을 닦았습니다.

선생님은 양손에 책을 서너 권씩 들고 먼지를 땅, 땅, 털어서 일꾼에게 줍니다.

오래된 책에서 나는 먼지가 참 대단합니다.

그중에서도 표준어가 표준어가 아니게 된 옛날 국어대사전과 성경전서의 먼지가 최고로 대단합니다.

책벼룩이 쏟아져 나올 것 같습니다 그러자,

나는 갑자기 슬퍼져 눈물이 나려 했지만 선생님은 오래된 먼지들을 떨어서 참 개운하신 듯합니다.

책을 꺼낸 책장 맨 아래 줄에는 쥐똥이 널려 있습니다.

시인이 퇴근한 뒤 연구실에 들락날락 잘 놀았을 귀엽고 더럽고 작은 쥐들을 생각하자 웃음이 났습니다.

선생님은 세상에서 제일 멋진 백발을 헛, 헛, 휘날리며 책들과 함께 트럭을 타고 가셨습니다.

선생님은 언제부터 백발이었을까요?

시인은 언제부터 노시인이 될까요?

나는 빈 연구실에서 야옹, 야옹, 울어보았습니다.

어떻게 알고 쥐들은 오늘 결석입니다.

❖ 《울프 노트》, 문학과지성사, 2018.

저 책들을 다 짊어지고
어디까지 갈까

책은 아주 곤란한 짐입니다. 책을 많이 갖고 있는 사람이라면 누구나 공감할 거예요. 버리기엔 아깝고, 그렇다고 짊어지고 살기에는 무겁죠. 죽을 때 저 책 다 짊어지고 갈 거냐는 말을 듣기도 하는데요. 맞습니다. 죽을 때 짊어지고 갈 것도 아닌데 어쩌자고 저렇게 많이 갖고 있어야만 할까요.

그렇다고 제가 대단한 장서가라는 건 아닙니다. 작가치고는 책을 적게 읽는 편이고, 가지고 있는 책도 다른 작가들에 비하면 많지 않아요. 그럼에도 어쨌든 책은 공간을 차지하니. 그걸 짊어지고 사는 게 부동산값이 오른 현실에 보통 일은 아닌 겁니다. 일전에 만났던 어느 디자이너는 책은 면적당 가격이 가장 높은 인테리어 소품이라고 농담했는데요. 여러모로 맞는 말입니다. 무엇보다 책은 꽂혀 있는 게 주된 역할이니까요. 생각할수록 책이란 곤란한 물건입니다.

독립하면서 가장 고민했던 것도 책을 둘 수 있는 공간을 마련하는 일이었습니다. 집을 찾는 저의 일 순위 조건 또한 책장을 다섯 통쯤은 넣을 수 있는 넉넉한 방이었죠. 이삿짐센터를 부를 때는 미리 신신당부했어요. 제가 다른 짐은 별로 없는 편인데, 책이 좀 많아요, 라고요. 책은 부피에 비해 무거운 편에 속하는지라 신경 쓰지 않을 수 없었거든요. 그러고 이사하던 날, 사다리차 기사님은 제게 이렇게 묻기도 하셨습니다. "책이 참 많네요. 혹시 목사님이세요?"

책을 짊어지고 사는 것도 일인데 옮기는 것은 더 일입니다. 제 경우에는 조금이라도 짐을 줄이려고 이사 때마다 책을 버리기도 하는데요. 책을 짊어지고 살며 해야 하는 모든 일 가운데 책 버리기가 가장 어렵습니다. 어차피 대부분은 앞으로 두세 번 더 읽을지 아닐지도 모를 물건인데, 그중 어떤 책은 버리고, 또 어떤 책은 계속 짊어지기로 결정해야 한다니, 정말 곤란한 일이죠.

저는 책을 버릴 때 다시 읽을 일이 있느냐, 그리고 다시 구할 수 있느냐를 기준으로 두는데요. 기준이 어쩌면 우리가 책을 짊어지고 살아갈 수밖에 없는 이유를 반증하는 것 같기도 합니다. 책은 생각보다 쉽게 절판되고, 그러면 다시는 읽을 수 없게 되니까요. 절판된 책을 갖고 싶어지는 것만큼 괴로운 일도 없거든요.

〈노老시인의 이사〉라는 시는 이처럼 책을 짊어지고 살아온 한 사람을 보여주는 시죠. 퇴임을 앞둔 노시인 교수가 연구실에서 작업실로 책을 옮기려 하는 날을 시는 그리는데요.

이 시의 화자는 책을 옮기는 동안 책에서 뿜어 나오는 저 먼지들에서 지나간 노시인의 세월을 실감하고 있습니다. 이는 평생을 문학과 학문에 바친 노시인이 삶의 한 부분을 정리하는 장면이기도 할 겁니다. 제자인 시의 화자는 선생의 반생을 정리하는 자리를 그저 바라보고 있을 뿐이고요. 그런 자리에서 누구인들 뭘 할 수 있겠어요. 시에서 말하는 것처럼 그저 책이 비워진 책장이나 닦을 뿐이겠죠.

먼지가 풀풀 나고, 책벌레가 쏟아져 나올 것만 같은 모습을 보며 시의 화자는 어쩐지 눈물을 쏟을 것만 같고, 또 책장 맨 아랫줄에 깔린 쥐똥들을 보면서는 웃음이 납니다. 그건 책을 짊어지고 살아온 그 인생 전체를 함축적으로 표현하는 대목이라 할 수 있을 겁니다. 생각하면 눈물이 나고 돌아보면 웃음이 나는, 그런 길고 긴 인생 자체인 거죠.

시는 노시인이 백발을 날리며 떠나는 장면으로 작고 소박하게 끝을 맺지만, 시의 화자는 노시인을 보며 자신의 인생을 생각해봤을 겁니다. 책들과 함께 살아가는 일이 얼마나 버겁고 힘든 일인지, 그러나 동시에 얼마나 멋진 일인지에 대해서요. 저 역시 이 시를 읽으며 책을 짊어지고 사는 일에 대해 새삼 생각했습니다. 대체 왜 우리는 이 처치 곤란한 책과 함께 이토록 고생하며 살아가는 걸까요?

평생 두 번이나 세 번쯤 읽으면 더 볼 일 없는 책들에 둘러싸여서 살아가고자 하는 마음은 또 무엇일까요? 잘 모르겠지만, 동시에 아주 잘 알 것 같기도 합니다. 이 원고를 쓰는 동안 저를 둘러싼 책들을 한번 둘러봤는데요. 먼저 드는 생각은 참 고맙네, 이고, 다음으로 드는 생각은 참 징그럽다, 입니다.

봄은 고양이로다

이
장
희

꽃가루와 같이 부드러운 고양이의 털에
고운 봄의 향기가 어리우도다

금방울과 같이 호동그란 고양이의 눈에
미친 봄의 불길이 흐르도다

고요히 다물은 고양이의 입술에
포근한 봄의 졸음이 떠돌아라

날카롭게 쭉 뻗은 고양이의 수염에
푸른 봄의 생기가 뛰놀아라

봄날의 고양이를
좋아하세요

─────

4월은 잔인한 달, 이라는 유명한 시 구절이 있죠. T.S. 엘리엇의 시 〈황무지〉의 첫 문장인데요. 시인이 4월을 잔인한 달이라 부르는 데는 여러 이유가 있지만, 요는 봄이 생명력으로 가득 찬 계절이기 때문이라 할 수 있습니다. 엘리엇이 이 시를 썼을 무렵 세계는 제1차 세계대전으로 황폐해져 그야말로 황무지 그 자체였는데요. 본래 생명력이 가득해야 할 봄의 기운이 이러한 황무지에 드리우는 것은 오히려 잔인한 폭로에 가깝다고 말하는 것이죠.

전쟁 이후의 폐허를 겪어보지 않았다고 하더라도, 봄의 어마어마한 생명력이 오히려 무엇인가를 폭로하는 것처럼 느껴진다는 감각은 이해가 됩니다. 사실은 저도 봄이 오면 어딘가에 숨어버리고 싶은 마음이 생기고야 말거든요. 세상이 너무 밝아서, 에너지가 넘쳐서, 어디나 생명력으로 가득해서, 밝지도 않고 기력도 없는 저의 모습이 적나라하게 드러나는 것만 같으니 말입니다. 꽃이 가득 피어날 무렵, 봄날의 빛을 받아 반짝이는 거리의 벚꽃들을 보면 어딘가 간질거리는 기분에 괴롭기까지 합니다.

이런 기분은 저만 느끼는 게 아닌 모양입니다. 봄이 오면 오히려 우울증을 앓는 이들이 늘어난다는 연구가 있는 걸 보면 말이에요. 빛이 갑자기 늘어나면서 생체 시계의 불일치가 일어나고, 그로 인해 취약한 사람들에게 기분 조절의 불안정이 나타날 수 있다는 분석인데요. 엘리엇이 봄을 폭로의 계절이라고 말한 것과 어쩐지 통하는 것 같기도 합니다.

하지만 봄을 마냥 잔인함과 고통의 계절이라고 말할 수는 없습니다. 봄은 분명 생명이 움트는 계절이고, 겨우내 바라왔던 훈기의 계절이니까요. 이렇게 말하는 저도 사실 사계절 가운데 가장 좋아하는 계절은 봄이고요. 봄에 피는 꽃들을 보러 일부러 이곳저곳 찾아가는 취미를 갖고 있습니다.

그러니까 봄은 참 양면적인 속성을 가진 계절이라고 할 수 있을 거예요. 생명과 빛이 넘쳐나는 계절이자, 그 생명과 빛이 지나치게 흘러넘치는 까닭에 오히려 사람의 기분을 흐트리는 계절이라고 말입니다.

이장희 시인의 〈봄은 고양이로다〉는 봄의 이런 복잡한 성격을 흥미롭게 보여주는 시입니다. 봄과 관련된 시 가운데 제가 가장 좋아하는 시고요. 고양이와 관련된 시로도 가장 좋아하는 시입니다.

시는 봄이 가진 다양한 느낌을 고양이에 빗대어 그려내

는데요. 봄의 부드러운 기운은 고양이의 털로, 사람을 미치게 만드는 봄의 강렬한 생명력은 금방울 같은 고양이의 눈으로, 봄날의 온화한 공기가 불러일으키는 졸음은 고양이의 입술로, 봄의 발랄한 기운은 고양이의 쭉 뻗은 수염으로 그려내고 있습니다. 봄날이 지닌 부드러움과 생동감, 그리고 미칠 듯한 기운이 잘 느껴지죠. 황금빛과 봄의 불길은 봄의 격정적인 에너지를, 포근한 졸음과 꽃가루, 고요함 등의 시어는 봄의 따스함과 평화로움을 가리키며 흥미로운 대비를 이루고 있습니다. 그걸 고양이에 비유한 것 또한 아주 탁월합니다. 부드럽고 유연하면서도 도무지 속을 알 수 없고, 사랑스러우면서도 격정적인 생물이 바로 고양이니까요.

이 모든 은유가 너무나 강렬하고 정확해서 시인의 솜씨에 감탄하는 한편, 시인 또한 봄날에 깊은 우울감을 느끼는 것은 아닌가 생각이 듭니다. 우울감이란 단순히 깊이 침잠한 마음이 아니라 빛과 어둠의 깊은 명도 차이를 예민하게 느끼는 마음이잖아요. 이 시의 탁월한 감각은 갑자기 뚝 떨어져 내리는 것만 같은 묘한 낙폭이 그 기반에 자리하고 있습니다.

이 시를 썼을 무렵 시인의 나이는 이십대 초반이었고, 친일파였던 아버지와의 갈등으로 경제적 지원도 끊긴 상황이었습니다. 이런 시기, 그에게 봄날은 어떤 느낌이었을까요. 폭발적인 생장의 기운을 품은 봄날의 볕은 어쩌면 그가 침울함을 더욱 강하게 느끼도록 만들었을지도 모릅니다.

하지만 이 시가 절망과 고통의 시만으로는 결코 보이지 않지요. 봄의 저 미칠 것 같은 기운은 오히려 삶을 향한 강한 열망으로 느껴지고, 고양이의 귀엽고 사랑스러운 이미지는 봄에 대한 깊은 사랑으로 읽힙니다. 저에게 이 시는 단순히 봄의 생동감을 노래하는 시가 아니라, 고독과 외로움 속에서도 빛나는 세계를 사랑하려 애쓰는 사람의 처절한 노력으로 해석됩니다.

이런 감상은 제가 봄에 대해 품고 있는 여러 감정이 지나치게 투사된 것인지도 모르겠습니다. 봄은 저를 미치게 만들지만, 동시에 사랑하지 않을 수 없는 계절이거든요. 너무 강렬하게 생동해서, 그 강렬함이 아름다워서, 오히려 그것을 보고 질투와 괴로움을 느낄 수밖에 없는 거죠. 이건 삶에 대한 저의 태도이기도 합니다. 때로 삶이란 저에게는 과분하다 싶을 정도로 밝고 귀한 것이고, 그렇기에 이 삶이 나에게 어울리는 것인가 고민하게 됩니다. 하지만 같은 이유로 그 밝음과 귀함에 닿고 싶다고 생각하기도 하죠. 그건 사랑의 태도라고 할 수 있을 겁니다.

여러분은 어떠신가요. 봄날, 좋아하시나요. 고양이는 또 어떤가요. 이 삶에 대해서는 또 어떨까요. 삶도 봄도 고양이도 참 다채롭고 이상한 것입니다. 그러니 사랑하든 그렇지 않든, 그 어느 쪽도 조금도 이상한 일은 아니겠지요.

개인적인 비

이
혜
미

각자의 지붕 아래에서 맞닿았지. 품속의 작은 단도들이 차르르 부딪히는 소리가 들려. 세계의 그림자를 짚어내며 빛을 내는 비. 맑은 촛불들을 곳곳에 사르며 사라지는 비.

비는 옮아가는 질병인가. 휘몰아치는 눈썹들인가, 갈피를 놓친 낱장들인가, 검은 반지를 깨뜨리고 빠져나오는 반투명의 손가락들. 오늘은 약속을 팽개친 손들이 아주 많아.

겹쳐지며 각자를 밀어내는 지붕 밑에서. 우산마다 소분(小分)하여 보관하던 강수량을 꺼내 펼치면

그곳은 나의 영토이지 너의 시간이 아니야. 너의 다정, 너의 귀가, 너의 얼룩진 셔츠 소매 사이로 흘러나오는 희고 무른 손가락들.

우리는 아름답게 걷는다. 근사하지만 하나는 아니야.

우산이 언제나 비보다 느리듯 생각은 늘 피보다 느리고.

근사하다는 건 가깝다는 것. 나는 하얗고 너는 희다. 나는 혼자이고 너는 하나뿐이다. 비슷하지만 같은 건 아니야. 우리는 서로의 지붕에 지붕을 보태며 지속되는 빗속을 조금쯤 가깝게 걸어간다.

❖ 《뜻밖의 바닐라》, 문학과지성사, 2016.

비의
영역에서

———

비 오는 날을 좋아하는 사람들이 제법 많다는 것이 저
로서는 참 의아합니다. 저는 비 오는 날을 정말 안 좋아하거
든요. 무엇보다 발이 젖는 것을 참지 못합니다. 옷이야 조금
젖더라도 아무렇지 않은데, 신발이나 양말이 젖어버리면 갑
자기 너무 슬퍼지는 거예요. 젖은 발은 쉽게 마르지도 않잖
아요. 발에 전해지는 그 차가움과 축축함이 저의 마음으로
까지 번져버리고야 맙니다.

비 오는 날이 싫은 이유는 그 밖에도 많습니다. 우산을
써야만 하기에 불편하다는 점, 그 우산을 매번 잃어버린다는
점, 길 앞을 우산 쓴 사람들이 가로막고 있다는 점, 차도 옆
을 걸으면 차들이 엄청나게 물을 튀기고는 휙 지나가버리는
점……. 말하다 보니 걷는 일에 치중되어 있긴 하네요. 그런
의미에서 비 오는 날이 싫다기보다 비 오는 날 걷는 것을 싫
어한다고 하는 것이 더 맞는 말일 것 같습니다.

비 오는 날이 마냥 싫기만 한 것은 아닙니다. 발이 비에

젖지 않게 잘 대비했을 때라면, 걷는 것도 좋아하거든요. 비
속을 걸을 때만의 특별한 느낌이 있잖아요. 비 오는 날에만
맡을 수 있는 흙냄새라거나, 우산 위로 들려오는 빗소리, 우
산을 쓰고 있어서 잘 보이지 않는 사람들, 그런 것들이 만들
어내는 묘하고 쓸쓸한 분위기.

시야는 제한되고, 빗소리 덕분에 세계는 시끄러운 적막
에 잠깁니다. 자동차가 달리는 소리는 한층 더 시끄러운데,
그 덕분에 다른 소리는 거의 들리지 않을 정도죠. 그 적막은
우산 아래의 고독을 한층 더 깊게 만들어줍니다. 그러고 우
리는 그 고독 속에서, 그 적막 속에서 조용히 걸어가죠.

덕분에 비 오는 날에는 생각을 더 많이 하게 됩니다. 사
람은 침묵에 잠기면 사색에 빠지는 생물이잖아요. 사색까진
아니더라도 평소에는 굳이 하지 않았을 생각을 더 하게 되는
겁니다. 자신의 삶을 돌아보기도 하고, 마음속에서 꺼내지
않았던 일들을 굳이 다시 생각하기도 합니다. 비가 오니 네
생각이 났다거나 하는 그런 노랫말들도 있잖아요. 그건 모두
비가 만들어내는 그 고독과 적막 때문인 겁니다.

그러니 이렇게 말할 수도 있을 것 같습니다. 비가 오면,
이 세상에 비가 내리면 세상은 다른 세상으로 일변한다고
요. 그 다른 세상에서 우리는 각자의 고독 속으로 빠져들게
된다고요.

이혜미 시인의 〈개인적인 비〉 역시 이런 내용을 다루고

있습니다. 비가 오는 어느 날, 사람들은 다들 각자의 공간에 있습니다. 비가 오니 누군가를 만날 일도 줄어들겠죠. 각자의 지붕 아래, 혹은 우산 아래에서 제목 그대로 개인적인 비를 맞고 있습니다. 그 순간을 시인은 참 멋지게 표현합니다. 품속의 작은 단도들이 차르르 부딪히는 소리가 들린다고요.

창을 때리고 우산을 때리는 빗소리를 단도가 부딪히는 소리라고 이야기하는데요. 이건 단지 소리만을 모사하는 것은 아닙니다. 개인적인 비를 맞는, 홀로 있는 상태의 마음을 드러내기 위해 빗소리를 품속의 단도로 은유한 것일 테죠.

시인은 세계가 이처럼 개인적인 것으로 바뀌어가는 순간에 집중합니다. "겹쳐지며 각자를 밀어내는 지붕"이라거나, "우산마다 소분"되어 있는 하루치의 강수량 같은 표현들은 이 개인적인 세계를 드러내는 또 다른 표현들입니다. 시인은 비 오는 날 이 홀로 있음을 절묘하게 포착해내고 그 마음을 함께 그려내고 있습니다.

그건 고독과 적막이 함께하는 쓸쓸한 마음이지만, 마냥 쓸쓸하고 고독하게만 그려내는 것도 아닙니다. 사실 내가 지금 맞는 이 비는 네가 지금 맞는 비이기도 하잖아요. 내가 있는 곳에 비가 내릴 때, 당신이 있는 곳에도 비가 내린다면 그건 우리가 함께 맞는 비가 되기도 하는 거니까요.

시인이 말하는 개인적이 비라는 건 단지 비 오는 날만을 이야기하는 건 아닐 겁니다. 홀로 살아가지만, 서로의 지붕에 지붕을 보태는 방식으로 함께 걸어가는 우리 삶의 모습을 이야기하는 것이기도 할 테죠. 시인이 말하는 것처럼 삶이란 건 빗속을 걷는 것처럼 고독한 일이겠지만, 그 순간에도 함께 비를 맞는 누군가가 있을 것이기에 우리의 삶이 마냥 쓸쓸하지는 않을 겁니다.

그의 작은 개는 너무 작아서

안
희
연

어느날 문득 그의 삶에 끼어들었다
여름이었고
한쪽 눈이 충혈된 채로 그의 더러운 신발을 핥고 있
었다

그는 그날의 첫 만남을 총성에 비유했다
불현듯 작은 개를 끌어안고
이전과 같은 길을 걸어 집으로 돌아왔으나
심장을 뚫고 지나간 것이 있기 때문에
그 길은 길의 바깥이 되었다
못이 벽을 파고들듯이
회전하는 여름이었다

그러나 여름은 상하기 좋은 계절이기도 했다
한 존재를 끌어안고 너무 깊이 와버렸기 때문에
자신이 끌어안은 것이 무엇인지도 모른 채
이대로라면 행복하다고 충분하다고 여겼기 때문에

개의 한쪽 눈은 붉음을 지나 검어지고
급기야 죽음의 손에 끌려가버리고 말았다

그는 개와 함께한 날들의 몇곱절을 지나 살아남았고
거의 모든 기억을 잃었으며
오직 도래라는 말만을 읽고 쓸 줄 알게 되었다
그는 그 말이 둥글고 따스한 알 같다고 생각한다
기다리면 껍질을 깨고
무언가 태어날 것 같은 말

그의 작은 개는 너무 커서
그의 하늘을 뒤덮고 있다
그의 슬픈 눈망울을 완성하려고
태양은 종종 등을 돌려 얼굴을 가린다

❀ 《여름 언덕에서 배운 것》, 창비, 2020

함께 사는 일에
대하여

———

본가를 나와 혼자 지낸 지도 몇 년이 흘렀습니다. 전체적으로는 만족스러운 나날을 보내고 있어요. 가족들과 함께 살면서 피곤하고 번거로운 점이 꽤 있었거든요. 코로나 시기에는 예전처럼 카페에 나가지 못하고 집에서 어떻게든 일해야만 했는데, 함께 살던 부모님은 저녁부터 밤까지 TV를 보며 웃는 것이 하루의 즐거움이었죠. 매일 저녁 TV 소리와 부모님의 웃음소리가 끊이질 않는 화목하고 평화로운 시간이 계속되었습니다. 하지만 그 평화는 저의 일에 어마어마한 방해이기도 했지요. 평화로운 소음 속에서 글쓰기는 생각보다 어려운 일이었습니다.

꼭 그런 이유로 집을 나온 것은 아니지만, 그래도 집을 나오고 겨우 얻게 된 조용함이 좋았어요. 혼자만의 공간을 갖게 된 건 대학 시절 이후로 처음이었는데요. 그 시절과 비교하면 공간도 더 넓어졌고, 더 사람 사는 모양을 갖추었기도 합니다. 이십대 초반 대학생의 자취란 사실 생활이라기보다는 생존에 가까운 모양새잖아요.

아무튼 혼자 사는 일의 즐거움과 불편함을 만끽하는 나날입니다. 혼자 밥을 차려 먹고 살림하는 것도 나름의 즐거움과 뿌듯함을 줍니다. 그 즐거움을 뛰어넘는 귀찮음도 있지만 그래도 안 할 수 없는 일이니 할 수밖에 없고 하게 되면 뿌듯해져요. 무엇이든 좋은 귀결이네요.

1인 가구로서의 삶을 시작하고, 한동안은 문득 어색함을 느끼기도 했습니다. 한참 일하다 잠시 물을 마시거나 화장실을 가기 위해 일어났을 때, 집이 너무 조용하다는 것을 알아차리는 거예요. 그러다 이 고요함이 참 어색한 것이구나, 생각합니다. 내가 고요함을 아무리 원했다고 하더라도, 고요함이 꼭 필요한 것이라 하더라도 고요함은 어쩔 수 없이 어색하고 낯선 것이구나, 하고요.

그럴 때 아주 잠깐 반려동물이 있다면 어떨까, 생각하게 됩니다. 하지만 금세 그 생각을 지웠지요. 반려동물을 들이는 이유가 외로움이 되는 것은 그리 좋은 일이 아닐 겁니다. 저도 아직 저를 건사하지 못하는데, 제가 책임져야 하는 다른 생명이 있다는 건 두렵고 어려운 일이잖아요. 그 대신이라고 할 수 있을지 모르겠지만, 집에 식물을 들여 키운 지도 벌써 몇 년이 흘렀습니다. 식물을 돌보는 일은 동물을 돌보는 일보다는 훨씬 부담감이 적고, 매일 돌봐야 할 필요가 없다는 점에서 여러모로 저에게 훨씬 잘 맞다는 것을 알게 되었습니다. 식물의 푸르름이 집에 활기를 불어넣기도 하고요.
다만 고요하다는 점은 전혀 달라지지 않았네요.

고요함에서 이질감을 느끼는 것은 한편으로 아주 당연
한 일일 거예요. 인간이란 사회적 동물이고, 계속 누군가와
소통하는 생물이니까요. 그 어색함과 낯섦은 동물로서 제가
느끼는 일종의 신호일지도 모릅니다. 너 계속 혼자 있지 마.
위험해. 욕실에서 샤워하다가 문득 그런 생각도 합니다. 만약
여기서 내가 넘어져서 다치기라도 하면 대체 나를 누가 발견
해서 구해주지? 이런 걱정과 위험이 혼자 살아갈 때 느끼는
어색함과 불안함의 근원이리라 생각해요.

어쩌면 저는 그간 가족과의 삶에서 얻는 편의와 안전함
에 대해 조금은 무심했던 듯합니다. 만약 제가 오래전부터
혼자서 시간을 보내왔다면 그 고요함을 어색해하고 낯설어
하지는 않았을 테니까요. 오히려 아주 당연하게 여기며 스스
로 그 상태를 해소할 방법을 찾았겠지요. 든 자리는 몰라도
난 자리는 안다는 옛말도 참 알맞죠. 안희연 시인의 시 〈그
의 작은 개는 너무 작아서〉도 이처럼 든 자리와 난 자리, 그
리고 혼자 될 때의 적막함과 괴로움에 대해 말하고 있지요.

어느 날 너무 작고 아픈 개와 마주치고는 그 개를 자
신 삶에 들이는 사람의 이야기입니다. 단순히 그 개를 자신의
삶에 혹은 마음에 들였다고만 하지 않고, 총알처럼 자신을
관통하고 지나갔다는 식으로 말하는 것이 절묘한데요. 총

알이 지나간 자리에는 구멍이 나고, 그 총알은 이미 나를 관통하여 멀리 가버리니까요. 결국은 작은 개가 떠나리라는 것을 이미 암시하고 있던 셈이죠.

아픈 개와 보낸 시간이 아주 길다고 말할 수는 없었지만, 그 개를 그리워하는 시간은 무척 길었던 모양입니다. 개와 함께한 날의 몇 곱절의 시간을 보내면서, 그리움은 깊어졌고, 깊어진 그리움은 결국 기억을 모두 지워버리고야 말아요. 그래서 도래라는 말만을 읽고 쓸 줄 알게 되지요. 이건 무엇의 도래일까요. 떠나간 작은 개의 도래일 수도 있을 테고, 어떤 시간과 어떤 시절의 도래일 수도 있을 거예요. 그의 작은 개는 너무 작지만, 동시에 그의 작은 개는 너무 크기도 합니다. 그의 하늘을 뒤덮을 정도로요.

작은 총알이 지나간 자리일 뿐인데도 그 빈 구멍이 치명적인 것처럼 작은 개가 떠나간 자리는 아주 작을 뿐인데 하늘을 뒤덮을 정도로 커다란 괴로움이 됩니다. 누군가와 살아간다는 건 그런 뜻인 겁니다. 사람 하나, 강아지 한 마리가 겨우 들어설 자리일 뿐인데 그 작은 자리가 내 삶을 뒤흔들어버릴 정도로 큰 비중을 차지하는 거죠. 그 아이러니는 우리에게 삶이 무엇인지 설명해주는 것 같기도 합니다. 누군가에게 내 옆 한 자리를 내어주는 일, 어쩌면 그게 우리의 삶이라고도 할 수 있을 거예요.

수박의 꽃말은 큰마음

황
인
찬

수박꽃은 노란색
남도의 저녁 하늘도 믿을 수 없는 노란색

그 정도만 있어도
한 편의 시로는 충분할 수 있지

그러나 모처럼 큰마음을 먹고 조금은 더 이야기해볼
수도 있겠지

여름 저녁은 순식간에 끝나버리니까
아쉬운 마음에 조금 더 같이 있자고 권할 수도 있겠지

누군가와 나란히 수박을 들고 걸어가는 저녁을
상상해볼 수도 있겠지

사람 없는 시골길
풀벌레 소리만 들려오는 평화로운 시간
아니면

한여름 항구도시의 바닷바람 같은 것들

괜찮다고 말할 수 있을 때까지는 괜찮아
그렇게 말 못 해도 괜찮아

잘 잘린 수박은 밀폐용기에 잘 담기고
용기 바닥에는 수박 국물이 흥건해지고

수박을 제일 좋아한다고 웃으며 말할 때
너의 얼굴은 수박처럼 커다래 보였네

되풀이되는
기쁨

———

저의 취미는 철 따라 꽃을 보러 가는 일입니다. 봄날의 벚꽃과 복숭아꽃, 여름의 장미와 연꽃, 가을의 석산과 코스모스, 겨울의 동백까지…… 모든 꽃을 다 챙기는 것은 아니지만 계절마다 한두 번씩은 꽃이 핀 곳을 찾아 이곳저곳 찾아다니죠. 이십대까지는 심상하게 느껴지던 꽃이 서른이 넘고 나서는 이상하게 너무 예뻐 보이더라고요. 종종 친구들은 꽃 사진을 SNS에 올리는 저에게 벌써 그럴 나이가 되었냐는 식의 농담을 던지곤 했습니다. 저희 어머니도 꽃 사진을 프로필 사진에 걸어두시거든요. 나이가 차면 다들 꽃을 좋아하게 되는 모양입니다. 아마 긴 시간을 보내며 시간의 흐름을 새삼스럽게 느끼게 되는 것이겠지요.

반복되는 일상은 우리를 무디게 만드니까요. 어제와 오늘이 구분되지 않고, 어제 했던 일을 오늘도 반복하며, 내일도 마찬가지의 일상이 이어지리라는 생각을 하게 되죠. 그렇게 구분되지 않는 나날 사이에서 봄이 오고, 꽃이 피는 것을 보며 우리는 생각합니다. 벌써 벚꽃이 필 때가 되었구나, 하고요. 그리고 이 생각을 지난해에도 했다는 것을 알아차립니다. 구분되지 않는 일상의 반복을 보내다가 문득 1년 주기로 반복되는 더 큰 반복을 발견하는 거죠.

봄이 오고, 여름이 오고 그렇게 계절이 흘러 세월이 가는 것을 가장 잘 느끼게 해주는 것이 바로 꽃입니다. 나이를 먹을수록 꽃을 반기게 되는 것은 우리 삶이 이처럼 크고 작은 반복과 더불어 나아가고 있다는 것을 알게 해주기 때문일 거예요. 몇 년 전에는 이런 생각에서 출발하여 〈아카이브〉라는 시를 쓰기도 했습니다. 어느새 찾아온 제비를 보고, 피어난 장미를 보며 여름이 왔다는 것을 알아차리는 시였지요. 삶의 반복성을 알아차리게 되는 그런 순간, 아마 누구나 한 번쯤은 경험해보지 않았을까 합니다. 아이러니하게도 우리 삶을 마모시키는 그 반복 가운데에서, 우리는 우리가 살아 있다는 사실을 실감합니다.

지난여름에는 길을 걷다 우연히 수박꽃을 발견했습니다. 수박에도 꽃이 있다는 당연한 사실이 새삼스럽게 느껴졌어요. 저에게 수박이란 여름철 마트에서 발견하는 반가운 여름 과일일 따름이었으니, 수박도 꽃이 핀다는 당연한 일을 의식하지 않고 살았던 거죠. 제가 본 것이 수박꽃이 맞는지 확인하려 인터넷에 검색해보니 수박의 꽃말이 큰마음이라는 사실을 또 알게 되었습니다.

'수박의 꽃말은 큰마음'이라는 제목은 바로 거기에서 왔습니다. 수박꽃의 꽃말이 큰마음이라니, 사람들이 꽃에 의미를 부여해서 꽃말이라는 것을 만든다는 사실이 새삼 좋았고, 저 샛노란 수박꽃에다가 큰마음이라는 꽃말을 붙였다는 것이 또 좋았습니다. 수박의 꽃말을 보는 순간, 저에게는 여름날 커다란 수박을 다른 이들과 나눠 먹는 장면이 함께 떠올랐는데요. 수박꽃에 큰마음이라는 꽃말을 붙인 사람도 아마 저와 비슷한 장면을 떠올렸던 것이겠죠.

그것은 우리가 이미 잘 알고 있는 여름날의 풍경입니다. 어쩌면 이미 수십 번은 반복했을 모습이기도 할 거예요. 그런데 수박의 꽃말이 이미 알고 있던 것을 특별하게 만들어줍니다. 그렇다면 그것은 이미 알고 있던 것, 기지(旣知)의 것은 아닐 겁니다. 우리가 이미 알고 있다고 여겨왔던 것을 다시 보게 만드는 것, 제대로 느끼게 해주는 것, 그게 시가 하는 일이지요. 그러니 수박의 꽃말은 그 자체로 이미 충분한 시라고도 할 수 있겠습니다.

이미 그 자체로 시인 것을 굳이 시로 옮긴 것은 민망한 일이지만, 어쩌겠어요. 너무 좋아서 굳이 더 말하고 싶은 것이 사람의 마음인걸요. 제가 굳이 수박의 꽃말로 시를 쓰고, 졸시를 또 소개해드리는 것도 같은 이유입니다. 어린아이는 같은 것을 계속 보며 즐거워하죠. 똑같은 그림책을 수십 번 읽어도 즐겁고, 같은 장난을 몇 번이고 반복해도 까르

록 웃습니다. 그 모든 순간이 매번 새롭게 느껴지기 때문입니다. 계속 피어나는 꽃을 보며, 매년 열리는 과일을 보며 기쁨과 반가움을 느끼는 것은 나이를 먹으며 일어나는 변화라고 앞서 말씀드렸지만, 어쩌면 그것은 어린아이의 기쁨이라고도 할 수 있겠군요. 매번 되풀이되는 그 순간들을 새삼스럽게 기뻐하니까 말이에요. 좋은 것을 보며 좋다고 말하고, 사랑하는 이에게 사랑한다 말하고, 꽃과 과일과 더불어 계속 반복되는 계절 속에서 계속 살아가는 것, 그것을 인생이라고 말할 수도 있을 겁니다. 물론 여름 저녁이 금세 끝나버리는 것처럼, 우리 삶도 그렇게 빠르게 흘러가버릴 테지만요. 그건 우리가 이 삶을 더욱 힘써 즐겨야 하는 까닭이 되어줄 겁니다.

시는 참 이상한 마음

황인찬 시에세이 2

ⓒ황인찬, 2026

초판 1쇄 발행 2026년 1월 5일

지은이 황인찬

펴낸곳 (주)안온북스 펴낸이 서효인·이정미 출판등록 2021년 1월 5일
제2021-000003호 주소 서울시 마포구 월드컵로14길 28 301호
홈페이지 www.anonbooks.net 전화 02-6941-1856(7)
인스타그램 @anonbooks_publishing
디자인 박연미 제작 영신사

979-11-92638-79-9 04810
979-11-92638-82-9 set